双葉文庫

はぐれ長屋の用心棒

用心棒たちの危機

鳥羽亮

目次

この作品は双葉文庫のために書き下ろされました。

用心棒たちの危機　はぐれ長屋の用心棒

第一章　容　疑

一

……雨か。

華町源九郎《はなまちげんくろう》は、軒先から落ちる雨垂れの音で目を覚ました。

源九郎は、掻巻《かいまき》にくるまったまま戸口の腰高障子に目をやった。明るくなっている。雨天のせいで陽の色はないが、腹の空き具合からみて、五ツ（午前八時）は過ぎているのではあるまいか。

「雨なら、菅井《すがい》が来るころだな」

源九郎はそうつぶやいて、掻巻を撥《は》ね除《の》けて立ち上がった。

小袖は捲《まく》れ上がり、汚れた褌《ふんどし》が垂れ下がっていた。昨夜、源九郎はひとりで貧乏徳利の酒を飲み、夜具を敷くのが面倒だったので、小袖のまま搔巻にくるまって寝てしまったのだ。

源九郎は還暦を過ぎた老齢で、伝兵衛店《でんべえだな》と呼ばれる棟割り長屋で独り暮らしをしている。菅井紋太夫《もんだゆう》も、同じ長屋に住む牢人だった。源九郎と同じように独り暮らしである。菅井の生業《なりわい》は、大道芸だった。両国広小路《ひろこうじ》で居合抜きを観せていたのだ。ふだん大道芸で口を糊《のり》しているが、居合の腕は本物だった。田宮流《たみやりゅう》居合の達人である。

菅井は無類の将棋好きだった。雨の日は居合抜きの見世物に出られないので、源九郎の許に将棋を指しにやってくるのだ。

源九郎は捲れ上がった小袖の裾《すそ》をたたいて伸ばしながら、

……今日は、握りめしにありつけるな。

と、つぶやいた。

菅井は几帳面《きちょうめん》なところがあり、朝晩自分でめしの仕度をする。雨のために大道芸に出られないときは、自分で炊いためしを握りめしにして源九郎の家にもってくるのだ。ふたりで将棋を指しながら、朝めしを食べるためである。

源九郎は流し場で顔を洗って菅井が来るのを待っていたが、なかなか姿をあらわさなかった。

……遅いな。

源九郎が、菅井に何かあったかな、と思い始めたとき、戸口に近付いてくる下駄《げた》の音がした。

すぐに源九郎は座敷にもどったが、菅井の足音とはちがうような気がした。

下駄の足音は、戸口でとまり、

「華町の旦那、起きてるの」

と、お熊《くま》の声がした。

お熊は、源九郎の家の斜向《はす》かいに住んでいる。助造《すけぞう》という日傭取《ひようと》りの女房だった。子供はなく、亭主とふたり暮らしである。お熊も世話焼きで、何かあると源九郎の家にやってくる。

「起きてるぞ」

源九郎が声をかけた。

すぐに、腰高障子があいてお熊が入ってきた。お熊は、手に丼《どんぶり》を持っていた。握りめしがふたつ入っている。うすく切ったたくわんが、何枚か添えてあった。傘は戸口に置いてきたらしく、手にしていなかった。

「今日は、菅井の旦那がこないと思ってね。残ったためしがあったので、握りめしにして持ってきたんだよ」

そう言って、手にした丼を源九郎に差し出した。

お熊は四十代半ばだった。樽《たる》のように太っている。色気などまったくなく、ひらいた襟の間から、乳房が覗《のぞ》いていたりしても平気である。ただ、人柄はよかった。独り暮らしの源九郎に気を使って、こうして残っためしを握りめしにしたり、菜なども余分に作って持ってきてくれたりする。

「すまんな。朝めしを炊いてなかったので、どうしようかと思っていたのだ」

源九郎は上がり框《がまち》のそばに腰を下ろし、握りめしの入った丼を手にした。今朝炊いためしらしい。

「そんなことだと思ってね。……残ったためしがあって、よかったよ」

お熊が、握りめしを頰張《ほおば》り始めた源九郎に目をやりながら言った。

「ところで、お熊、どうして菅井が来ないのを知ったのだ」

源九郎が訊《き》いた。

「今朝、井戸へ水汲みにいった帰りに声を聞いたんだけど、菅井の旦那の家に、おあきさんがいたもの」

お熊によると、今朝、井戸へ水汲みにいった帰りに菅井の家の前を通ったとき、菅井がおあきと話しているのを耳にしたという。

「おあきというと、安次《やすじ》の女房か」

源九郎は、長屋に屋根葺《ふ》き職人の安次とおあきという夫婦が住んでいることを知っていた。子供はなく、ふたり暮らしである。

「そうだよ。何かあったのかね。菅井の旦那もおあきさんも、深刻そうな話し振りだったよ」

お熊が心配そうな顔をして言った。

「どんな話か、聞いたか」

源九郎も気になった。菅井が好きな将棋を指しにくることもなく、他人の女房とふたりだけで話し込んでいたとなると、何かあったとしか考えられない。

「あたし、菅井の旦那の家の前を通りかかったとき、耳にしただけだけどね。岡っ引きや盗人《ぬすっと》のことなど話していたよ」

「浮いた話ではないな」

源九郎は、菅井から岡っ引きや盗人のことなど聞いていなかったので、何があったのか見当もつかなかった。

「そんな話じゃないよ。ふたりとも、深刻そうだったもの」

「何かあったかな」

源九郎は、手にした握りめしを急いで頬張った。

「ねえ、旦那、行ってみない」

お熊が身を乗り出すようにして言った。

「菅井のところへか」

「そうだよ。あたしも行くから」

どうやら、お熊には源九郎といっしょに菅井のところへ行き、様子を聞きたいという下心があったらしい。

お熊はひとがよく長屋の住人には好かれていたが、すこし御節介なところもあった。

「待て、握りめしを食ってからだ」

源九郎は、残った握りめしを口に詰め込んだ。

二

雨はまだ降っていた。長屋は妙に静かだった。聞こえてくるのは、子供のぐもったような声と雨音だけである。

長屋の男たちの多くは仕事に出掛け、女房たちは朝めしの片付けを終えて一休みしているころだった。子供たちも家にいるので、外遊びであげる歓声や笑い声などは聞こえてこない。

菅井の家の戸口まで行くと、菅井と女の声がかすかに聞こえた。女はおあきであろう。ふたりで、何か話しているようだ。

「菅井、いるか」

源九郎が戸口で声をかけた。

すると、家のなかの話し声がやみ、

「華町か」

と、菅井が訊いた。

「そうだ、入ってもいいか」

「入ってくれ」

「お熊も、いっしょだぞ」

そう言って、源九郎は腰高障子をあけた。

菅井は座敷に座り、おあきが上がり框に腰を下ろしていた。おあきは源九郎とお熊が土間へ入ってくると、慌てて隅に身を引いた。

おあきは、二十歳そこそこだった。色白で、ふっくらした頬をしている。まだ子供はなく、亭主とふたり暮らしである。

「華町、お熊とふたりで何の用だ」

菅井が、源九郎とお熊に目をやって訊いた。

菅井は五十がらみだった。気立てはいいのだが、顔付きは不気味だった。総髪で面長。髪が肩まで伸びている。細い目がつり上がり、頬がこけ、顎《あご》がとがっていた。般若《はんにゃ》や死神を連想させる顔である。

「い、いや、今日は雨なのに、菅井が将棋を指しにこないので、どうしたかと思ってな」

そう言って、源九郎はおあきにも目をやった。

おあきは、困惑したような顔をしている。

「将棋どころではないのだ」

菅井が顔をしかめて言った。

「何かあったのか」

源九郎が菅井に目をやって訊いた。

「何もないが……。何か、起こりそうなのだ」

「どういうことだ」

「いま、おあきから聞いたのだがな。どうも、おれと安次のことを岡っ引きが探っているようなのだ」

菅井が言うと、おあきが眉《まゆ》を寄せてうなずいた。

「岡っ引きが、探っていただと」

源九郎が聞き直した。

「峰造《みねぞう》という岡っ引きが、おれたちのことを探っていたらしい」

「何を探っていたのだ」

源九郎は峰造を知らなかった。

「分からん。聞きたいのは、おれの方だ」

菅井が言うと、おあきが、

「う、うちのひとが、峰造という男《ひと》に、跡を尾《つ》けまわされたと言ってました」

と、声を震わせて言った。

「どういうことだ」

源九郎が首をひねった。

「どうも、峰造は本町《ほんちよう》の呉服屋に押し入った盗賊のことを探っているようなのだ」

菅井が眉を寄せて言った。

「成田屋《なりたや》に入った賊か」

源九郎は、半月ほど前、日本橋本町にある成田屋という呉服屋に盗賊が押し入ったという話を聞いていた。奉公人がひとり殺されたようだが、その後どうなったか、まったく知らなかった。

「そうだ。どうも、峰造という男は、おれと安次が盗賊とかかわりがあるとみて探っているようなのだ」

「峰造という男は、どうして菅井と安次に目をつけたのだ」

源九郎が訊いた。

「分からん」

菅井が言うと、おあきが、

「うちのひとも、どうして疑われているのか、分からないと言ってました」

と、言い添えた。

「それで、菅井と安次は、峰造に探られているとどうして分かったのだ。峰造から何か訊かれたのか」

「いや、おれも安次も、峰造に直接話を訊かれたわけではない。ただ、峰造らしい男に跡を尾けられたことはあるのだ」

菅井が、居合抜きの見世物を終えて両国広小路から長屋に帰るとき、峰造と思われる男に跡を尾けられたという。

「うちのひとも、跡を尾けられたと言ってました」

おあきによると、安次は仕事を終えて長屋に帰る途中、岡っ引きに跡を尾けられたという。

「それだけでは、ないのだ」

さらに、菅井が言った。

「他にもあるのか」

「峰造は何人かの長屋の者に、おれと安次のことを訊いたらしい」

「どんなことを訊いたのだ」

峰造は、長屋にまで探りにきたようだ、と源九郎は思った。

「夜、長屋を留守にして出掛けることはないか、ちかごろ金遣いが荒くないかとか、そんなことを訊いたようだ」

「あたしも、同じことを忠助《ちゅうすけ》さんから聞きました」

おあきが、言い添えた。

忠助は長屋の住人で、大工の手間賃稼ぎをしている。

「峰造という男は、菅井や安次を成田屋に押し入った賊の仲間と睨《にら》んで探っているとみていいな」

源九郎が言った。

「おれも、そうみている」

菅井は顔をしかめた。

おあきは、不安そうな顔をして源九郎に目をやっている。

「菅井、盗賊一味と疑われているようだが、何か思い当たることはないのか」

源九郎が訊いた。

「まったくない」

菅井が言うと、

「う、うちのひとも、思い当たることはないと言ってました」

おあきが、声を震わせて言い添えた。

源九郎は菅井とおあきに会って話を聞いた翌日、朝飯の後、生業にしている傘張りを始めた。傘張りといっても、傘の古骨に美濃紙《みのがみ》を張り、防水用の荏油《えのあぶら》を塗るだけである。そして、できた傘を丸徳《まるとく》という傘屋に届ければ、わずかだが金になった。

むろんそれだけでは暮らしていけず、華町家からの合力もあって何とか暮らしをたてていたのだ。

合力といっても、華町家は五十石の御家人なので身上《しんしょう》は苦しく、源九郎に渡せる金はわずかだった。それに、近ごろは、その金もとどこおるようになった。

源九郎は、五十代半ばのころ、倅の俊之介《しゅんのすけ》が君枝《きみえ》という嫁をもらったのを機に家を出て長屋暮らしを始めた。すでに、源九郎は妻を亡くしていたし、倅夫婦に気兼ねして暮らすのが嫌だったからである。

いまも、華町家には俊之介一家が住んでいた。俊之介には、新太郎《しんたろう》という男児と八重《やえ》という女児がいる。ふたりの子を育てるのにも金がかかり、家を出た源九郎に気を配るほどの余裕がないのだ。

源九郎の風貌も暮らしも、老いた貧乏牢人そのものだったが、剣の腕はちがっていた。源九郎は鏡新明智流《きょうしんめいちりゅう》の達人である。

源九郎は十一歳のとき、日本橋茅場町《かやばちょう》にあった桃井春蔵《もものいしゅんぞう》の士学館《しがくかん》に入門して腕を上げた。

若いころは、剣で身をたてたいという思いもあったが、父親が病で倒れて華町家を継いだこともあり、二十代半ばで士学館をやめた。その後は、御家人として安穏とした暮らしをつづけてきたのだ。

五ツ半（午前九時）ごろであろうか。晴天らしく、腰高障子が白くかがやいていた。長屋は、妙に静かだった。

そのとき、源九郎は戸口に走り寄る足音を聞いた。足音は腰高障子のむこうでとまり、

「華町いるか！」

という菅井の声がし、荒々しく障子があいた。

顔を出した菅井の顔が、赤く染まっていた。息も荒い。走ってきたらしい。

源九郎は古傘を手にしたまま、

「どうした、菅井」

と、声高に訊いた。

「安次が、番屋に連れていかれたようだ」

菅井がうわずった声で言った。

番屋は自身番のことで、岡っ引きや町方同心が事件にかかわった者を捕らえたとき、事情を聞いたり、吟味したりする場所である。

「大番屋ではないな」

すぐに、源九郎が訊いた。

盗賊や殺しなどの大きな事件の容疑者の場合、仮牢のある大番屋に送られることが多かった。

「番屋らしいが、これから大番屋送りになるかもしれんぞ」

菅井が言った。

「安次を捕らえたのは、峰造か」

「そうらしい」

菅井によると、安次の仲間の屋根葺き職人が長屋に来て、おあきに安次が峰造に捕らえられたことを話したという。

源九郎と菅井がそんなやり取りをしていると、腰高障子があいてお熊と孫六《まごろく》が飛び込んできた。

孫六は、還暦を過ぎた年寄りだった。伝兵衛店に越してくる前まで、番場町《ばんばちょう》の親分と呼ばれた腕利きの岡っ引きだった。ところが、中風を患い、すこし足が不自由になって娘夫婦の暮らす伝兵衛店に越してきたのだ。

「た、大変だよ！　安次さんが、御用聞きに連れていかれたらしいんだ」

お熊が声をつまらせて言った。

「安次を引っ張ったのは、峰造のようですぜ」

そう言って、孫六が目をひからせた。岡っ引きだったころを思わせるような目である。

「その話は、菅井から聞いた。それで、おあきはどうしている」

源九郎は、おあきのことも心配だった。

「家にいるようだよ。前を通ったとき、泣き声が聞こえたから……」

お熊が心配そうな顔をして言った。

「おあきも、心配だな」

源九郎が言うと、

「あたし、おまつさんたちと、おあきさんの家にいってみる」

お熊はそう言い残し、すぐに戸口から出ていった。

おまつは、お熊の隣に住む日傭取りの女房だった。おまつも長屋に何かあると、お熊といっしょになって世話を焼くことが多かった。

源九郎は上がり框に腰を下ろした孫六に、

「安次のことだが、どうみる」

と、訊いた。腕利きの岡っ引きだった孫六なら、今後安次がどうなるか、見通しがつくのではないかと思ったのだ。

「あっしは、峰造のことを知ってやすがね。やつは執念深い男で、安次を盗人一味のひとりと決め付けて、追い回していたとみてやす」

そう言って、孫六はチラッと菅井に目をやった。

「おれも、探られているらしいのだ」

菅井が小声で言った。

「菅井の旦那、何か峰造に疑われるようなことをやったんですかい」

孫六が、菅井に探るような目をむけた。

「おれは、ちかごろ本町に行ったことはないぞ。長屋と両国広小路を行き来しているだけだ。……たまには、亀楽《きらく》で飲むこともあるがな」

菅井が渋い顔をして言った。

亀楽は、本所松坂町《まつざかちょう》の回向院《えこういん》の近くにある縄暖簾《なわのれん》を出した飲み屋である。長屋から近かったこともあり、菅井だけでなく源九郎たちも贔屓《ひいき》にしていた。

「妙だな」

孫六は首をひねって考え込んでいたが、

「峰造は、菅井の旦那や安次が、成田屋に押し込んだ一味と決め付ける何かを握っているにちがいねえ」

と、目をひからせて言った。

「決め付ける物とは、何だ」

菅井が孫六に訊いた。

「あっしにも、分からねえ」

孫六は、そう言った後、

「村上《むらかみ》の旦那に、訊いてみたらどうです」

と、菅井と源九郎に目をやって言った。

「村上どのに聞いてみるか」

源九郎も、村上に訊くのが確かで手っ取り早いと思った。

「それがいい」

すぐに、菅井が言った。

源九郎だけでなく、菅井や孫六も村上と面識があった。

村上彦四郎《ひこしろう》は、南町奉行所の定廻り同心だった。源九郎たちは、これまで長屋の住人がかかわった事件のおりに、村上に協力して解決したことがあったのだ。

四

源九郎と孫六は、陽が家並の上に顔を出したころ伝兵衛店を出た。長屋は騒々しかった。亭主たちが、仕事に出るころである。

源九郎たちの住む伝兵衛店は、本所相生町《あいおいちょう》一丁目にあった。界隈《かいわい》では、伝兵衛店よりはぐれ長屋の方が通りがいい。食い詰め牢人、大道芸人、その日暮らしの日傭取り、その道から挫折した職人など、はぐれ者が多く住んでいたからである。源九郎と菅井、それに孫六もはぐれ者のひとりといっていい。

源九郎と孫六は長屋の路地木戸を出ると、通りを南にむかって歩いた。そして、竪川沿いの通りに出ると、前方に竪川にかかる一ツ目橋が見えてきた。

「孫六、村上どのは、巡視のおりに汐見橋《しおみばし》を渡るのだな」

源九郎が念を押すように訊いた。

汐見橋は、浜町堀にかかる橋だった。孫六の話では、村上は市中巡視のおりに、町奉行所の同心の組屋敷のある八丁堀から日本橋川にかかる江戸橋を渡り、日本橋の町筋を東に歩いて浜町堀沿いの通りに出るという。その後、汐見橋を渡り、両国広小路に出てから大川端の道を南にむかうそうだ。

孫六は岡っ引きだったころ、村上から手札を貰《もら》っていた岡っ引きといっしょに事件にあたったことがあり、何度か村上の巡視に従って歩いたことがあるという。

「いまも、村上の旦那は、同じ道筋を通るはずでさァ」

そう言って、孫六が足を速めた。

孫六は中風を患ったせいで、左足をすこし引きずるようにして歩くが、長年岡っ引きとして市中を歩きまわって鍛えたせいか、源九郎より足は速かった。

源九郎と孫六は大川にかかる両国橋を渡り、賑やかな両国広小路に出た。そして、広小路をすこし歩いてから、左手の通りに入った。その通りを日本橋方面に歩けば、汐見橋のたもとに出られる。

源九郎と孫六は、汐見橋のたもとに出ると、岸際に植えられた柳の陰に身を寄せた。すでに陽射しが強くなっていたので、日当たりを避けたのである。

「村上どのは、何時《なんどき》ごろ、ここを通るのだ」

源九郎が、橋を行き来するひとに目をやりながら訊いた。

「昔のことで、はっきりしねえが、昼前に通るはずでさァ」

孫六が首を捻《ひね》りながら言った。

「昼前な」

源九郎は胸の内で、いつ来るか分からないな、とつぶやいたが、何も口にしなかった。

ふたりがその場に立って、小半刻（三十分）も経ったろうか。橋に目をやっていた孫六が、身を乗り出すようにして、

「来やす！　村上の旦那が」

と、声高に言った。

見ると、村上が四人の供を連れて、こちらに歩いてくる。村上は小袖を着流し、羽織の裾《すそ》を帯に挟む巻羽織と呼ばれる八丁堀同心独特の格好をしていた。供の四人は、小者《こもの》と中間《ちゅうげん》、それに村上が手札を渡している岡っ引きと下っ引きらしい。

村上たちが橋を渡って、源九郎たちのいるたもとまで来ると、孫六が柳の樹陰から先に出て、村上のそばに走り寄った。源九郎は、慌てて孫六の後につづいた。

「孫六じゃァねえか。どうした」

村上が訊いた。

町奉行所の同心のなかで、市中で起こった事件にあたることの多い定廻り同心と臨時廻り同心は、無宿者や凶状持ちなどと接する機会が多く、どうしても言葉遣いが乱暴になるのだ。

「旦那に、ちょいと訊きてえことがありやして」

そう言って、孫六が頭を下げたとき、村上は孫六の背後に近付いてきた源九郎を見て、

「なんだ、はぐれ……、いや、華町の旦那もいっしょか」

と、言って苦笑いを浮かべた。はぐれ長屋と言おうとしたらしい。

「わしも、訊きたいことがあってな。村上どのを待っていたのだ」

源九郎が言った。

「歩きながら話すか。ここにつっ立っていては、通りの邪魔になるからな」

村上が先に歩きだした。

源九郎たちは、両国広小路の方へ足をむけた。そして、橋のたもとの人通りが多い場所を抜けると、

「村上どのに、長屋に住む者のことで訊きたいことがある」

源九郎が切り出した。

「話してくれ」

「実は、長屋に住む安次という男が、峰造という御用聞きにつかまったらしいのだ」

「それで」

村上が話の先をうながした。

「成田屋という呉服屋に押し入った盗賊の容疑でつかまったと聞いたのだが、安次は盗賊などとはまったく縁のない正直者なのだ」

源九郎が、村上に身を寄せて言った。

「おれは成田屋の事件には、かかわっていないのでよく分からんな」

村上は語尾を濁した。

「安次だけでなく、長屋に住む菅井も、疑われているらしいのだ」

「居合を遣う菅井どのか」

村上が源九郎に顔をむけて訊いた。

「そうだ」

「南町奉行《みなみ》では、安川《やすかわ》どのが成田屋の事件にかかわっているはずだ。……安次という男を捕らえたのは、何か容疑があってのことだろうな」

村上によると、定廻り同心の安川進次郎《しんじろう》が成田屋の件の探索にあたっているという。峰造は、安川から手札を貰っている岡っ引きだそうだ。

「安次は、事件にかかわりがないはずだ」

思わず、源九郎の声が大きくなった。

そのとき、村上の後ろを歩いていた岡っ引きが、

「あっしは、成田屋に押し入った賊のなかに、安次という男がいたと聞きやしたぜ」

と、源九郎に言った。

「なに、賊のなかに安次という男がいただと！」

思わず、源九郎は足をとめて振り返った。

「へい……。そう聞いただけで、くわしいことは知りやせん」

岡っ引きが、首をすくめて身を引いた。

「華町どの、同じ名のせいで、取り違えということもある。長屋の安次という男が盗賊でないなら、そのうちはっきりするはずだ」

そう言うと、村上は足を速めた。

源九郎と孫六は足をとめ、遠ざかっていく村上たちに目をやっていたが、

「きっと、取り違えでさァ」

と、孫六がつぶやくような声で言った。

五

源九郎が遅い朝めしを食っていると、孫六が顔をだした。

「旦那、いまごろ、朝めしですかい」

孫六が薄笑いを浮かべて言った。

「昨夕、久し振りにめしを炊いてな。すこし、残っていたので、湯漬けにしたのだ」

源九郎は箸《はし》を手にしたまま「それで、孫六、何の用だ」と訊いた。

「旦那、これから諏訪町《すわちよう》に行きやせんか」

孫六が、顔の笑いを消して言った。

「栄造《えいぞう》のところか」

浅草諏訪町に栄造という岡っ引きがいた。孫六は岡っ引きだったころから知り合いで、はぐれ長屋の者がかかわった事件で、源九郎たちだけでは手に負えないようなときに、栄造の力を借りることがあった。栄造も源九郎たちといっしょに事件を探り、下手人をお縄にして手柄をたてたことが、何度かある。

「栄造なら、成田屋の件を知っているかもしれやせん」

孫六が言った。

「行ってみるか」

源九郎は同心の村上と会って話を訊いたが、分かったことといえば、岡っ引きが口にした、賊のなかに安次という男がいた、ということだけだった。栄造なら、他のことも知っているかもしれない。

源九郎は残りの湯漬けを急いで食べて立ち上がると、捲れ上がった袴《はかま》の裾を手でたたいて伸ばしてから外にでた。

陽は、だいぶ高くなっていた。五ツ半（午前九時）ごろではあるまいか。風のない静かな日で、初秋の陽が路地木戸の前の通りを照らしていた。通りは妙にひっそりしていた。男たちはそれぞれの仕事場で、熱が入ってきたころであろう。

源九郎と孫六は、竪川沿いの通りから両国橋を経て賑やかな両国広小路に出た。そして、人込みのなかを歩いて浅草橋を渡った。

その通りは日光街道で、まっすぐ北に向かえば浅草寺に出られることもあって、旅人や遊山《ゆさん》客など大勢のひとが行き交っていた。

源九郎と孫六は、浅草御蔵の前を通り過ぎ、諏訪町に入って間もなく、右手の路地に入った。一町ほど歩くと、栄造の営むそば屋があった。店をひらいているらしく、暖簾が出ていた。

そば屋の名は、勝栄《かつえい》だった。お勝という名の女房の勝を取り、栄造の栄をとって勝栄という店名にしたという。

「栄造は、いるかな」

源九郎が、店先に近付きながら言った。

店先に暖簾は出ていたが、ひっそりしていて人声が聞こえなかったのだ。

「いるはずでさァ」

そう言って、先に孫六が暖簾をくぐった。

「いらっしゃい」

と、女の声がし、お勝が板場から姿を見せた。

お勝は色白の年増《としま》だった。赤い片襷《かただすき》をかけ、紺地の前だれをかけていた。色っぽい女である。

「番場町の親分、華町の旦那、お久し振り」

お勝が笑みを浮かべて言った。お勝も、源九郎たちのことを知っていたのだ。

「栄造親分は、いるかい」

孫六が訊いた。

「いますよ。呼びましょうか」

お勝が訊いた。

「そうしてくれ」

源九郎はそう言った後、「そばを、頼む」と言い添えた。

お勝はすぐに板場にむかった。源九郎と孫六は、土間の先の板敷きの間に腰を下ろした。そこで、栄造から話を聞こうと思ったのである。

お勝と入れ替わるように栄造が姿を見せた。三十がらみであろうか。浅黒い顔をした剽悍《ひょうかん》そうな面構えである。

栄造は濡れた手を前だれで拭きながら源九郎たちのそばに来ると、

「華町の旦那、それに、とっつァん、お久し振りで」

そう言って、ふたりに頭を下げた。

「おめえに、訊きてえことがあってな」

孫六が小声で言った。

「なんです」

栄造も、板敷きの間に腰を下ろした。

「長屋の安次という男が、峰造という御用聞きに、捕らえられたのだが、耳にしているかな」

孫六に替わって、源九郎が言った。

「知りやせんが」

「それがな、安次だけでなく菅井も峰造に探られているようなのだ」

「菅井の旦那が！　どういうことです」

栄造が驚いたような顔をした。

「どういうことか、訊きたくてここに来たのよ」

孫六が口を挟んだ。

「それで、安次は何をしたというのです」

栄造が訊いた。

「何もしていない、とわしはみている。ただ、成田屋に押し入った賊のなかに、安次という名の男がいたそうだ」

源九郎が言うと、栄造が頷《うなず》き、

「あっしも、安次という名を聞いてやす」

と、声を大きくして言った。

「どうして、安次という名だと知れたのだ」

源九郎が訊いた。

「成田屋の手代が厠《かわや》に入ったとき、賊が踏み込んできたようです。手代は、怖くなって厠から出られずに、なかで震えていたそうで。……賊は、厠に手代がいることに気付かず、廊下を通りかかったとき、仲間が安次と声をかけたらしいんでさァ」

「その手代が、話したのか」

「へい、その後、調べに来た町方に、手代が一味のなかに安次という男がいたと話したんで」

「そういうことか。その安次を、長屋に住む安次とつなげたわけだな」

源九郎は、それだけで下手人と決め付けられては、たまらない、と思った。安次という名の男は、他にもいるはずである。

源九郎が渋い顔をして口をとじると、

「菅井の旦那に、目をつけたのはどういうわけだい」

と、孫六が訊いた。

栄造は首をかしげていたが、

「あっしには分からねえが、番頭を斬った賊のひとりと菅井の旦那をつなげたのかもしれねえ」

と、つぶやくような声で言った。

栄造によると、賊は土蔵の鍵を出させるために寝ていた番頭を起こして、帳場に連れてきたという。その後、賊は口封じのために番頭を斬り殺したそうだ。

「そのことが、菅井とどうつながったのだ」

あらためて、源九郎が訊いた。

「賊のなかに武士がひとりいて、逃げようとした番頭を斬ったようです」

「その武士が菅井とつながったのか。しかし、武士というだけで、疑われてはかなわんな。おれも、武士だぞ」

源九郎が、腑《ふ》に落ちないような顔をした。

そこへ、お勝がふたり分のそばを運んできた。

「ともかく、そばをいただくか」

源九郎はそう言って、箸を手にした。

栄造はお勝が板場にもどるのを待って、

「旦那たちは、成田屋に押し入った一味を探るつもりですかい」

と、声をひそめて訊いた。

「まだ、何とも言えんが、安次は長屋に帰してもらわないとな。安次が盗賊とかかわりがないことは、はっきりしているのだ」

源九郎は、このまま安次が盗賊のひとりとして処罰されるのだけは、何としても阻止したいと思った。

話がとぎれたとき、栄造が、

「華町の旦那、孫六親分、賊のことで何か分かったら、あっしにも知らせてくだせえ」

と、源九郎と孫六に目をやって言った。双眸《そうぼう》が腕利きの岡っ引きらしく、鋭いひかりを放っている。

「そっちもな」

そう言って、孫六もそばを啜《すす》り始めた。

六

源九郎と孫六が長屋の源九郎の家に帰ると、ふたりの帰りを待っていたように菅井が姿を見せた。

菅井は上がり框に腰を下ろすなり、

「華町、何か知れたか」

と、身を乗り出すようにして訊いた。

菅井は源九郎が孫六とふたりで、栄造の許に行ったことを知っているようだ。孫六から聞いたのかもしれない。

「盗賊のなかに、安次という名の男がいたらしい。分かったのは、それだけだ」

源九郎が言った。

「おれのことは？」

すぐに、菅井が訊いた。自分が疑われていることが、気になっているようだ。

「菅井のことは分からん。一味のなかに、武士がいたということだけだ」

「武士なら、華町もそうではないか」

菅井が不服そうな顔をした。

「まだ、わしらには分からないことがあるようだ」

「どうも、気になる。……盗賊のなかに、おれと似たやつでもいたかな」

「どうかな。……成田屋の奉公人のなかに、賊の顔を見たやつがいたとしても、菅井のことは知るまい」

「そうだな」

「いずれ、分かる」

源九郎がそう言ったとき、戸口に近付いてくる何人もの下駄の音がした。お熊らしい女の声が聞こえた。長屋の女たちかもしれない。

「旦那、大勢来たようですぜ」

孫六が、首をすくめて言った。

下駄の足音は腰高障子の前でとまり、「華町の旦那、いますか」とお熊の声が聞こえた。

「いるぞ」

源九郎は菅井と孫六に、座敷に上がれ、と手で合図した。長屋の女たちが、何人も入ってきそうだ。

孫六と菅井は、すぐに座敷に上がった。

腰高障子があき、女たちが顔をだした。お熊、おまつ、おくら、それにおあきの姿もあった。おくらは、日傭取りをしている乙吉《おときち》の女房である。

おあきは、ひどく憔悴《しょうすい》していた。安次のことが心配で夜も眠れない日々がつづいているのだろう。

「ちょうど、よかった。菅井の旦那と孫六さんも、いっしょだよ」

お熊が言った。

「お熊、何かあったのか」

源九郎が訊いた。

「あたしら、みんなで相談したんだよ。……旦那たちに、安次さんを取り戻してもらうしかないって」

そう言って、お熊が土間のなかほどに立ち、袂《たもと》から巾着《きんちゃく》を取り出した。だれの巾着なのか、男物で汚れている。

「わしらも、安次を取り戻してやりたいと思ってな。今日も、諏訪町の栄造のところに様子を訊きにいってきたところだ」

源九郎が言うと、

「おれたちも、できることはやるつもりでいる」

そう言って、孫六が女たちに目をやった。

「でも、旦那たちにも暮らしがあるからね。そればっかりやってたら、干上がってしまうだろう」

おまつが言うと、

「それで、あたしらは長屋をまわって、お足を集めてきたんだよ。……華町の旦那、少ないけど、このお足で長屋の仲間を集めて、安次さんを取り戻して」

お熊が涙声で言った。

すると、土間に立っていたおまつとおくらも、「旦那、お願いします」と言って頭を下げた。おあきは両手で顔を覆って、しゃくり上げ始めた。

源九郎たちは、長屋で起こった事件だけでなく、商家に頼まれて因縁をつけて金を脅しとろうとしたならず者を追い払ったり、勾引《かどわ》かされた娘を助け出して礼金をもらったりしてきた。そうした人助けと用心棒をかねたような仕事をして、暮らしの足しにしていたのだ。それで、源九郎たちのことを、はぐれ長屋の用心棒などと呼ぶ者もいた。

「わしらで、やれるだけのことはやる」

そう言って、源九郎は巾着をつかんだ。

すると、源九郎のそばにいた孫六と菅井が、顔をひきしめてうなずいた。ふたりもやる気になっている。

「おあき、安次はきっと帰ってくる。辛いだろうが、それまで待つのだぞ」

源九郎が優しい言葉をかけると、おあきは声を上げて泣き出した。

長屋の女たちが帰ると、

「華町、みんなを集めるか」

そう言って、菅井が立ち上がった。

「そのつもりだ」

「旦那、ここに集まってもらいやすか」

孫六が勢い込んで訊いた。

「いや、亀楽がいいだろう。まだ、長屋に帰ってない者もいるからな」

源九郎たちは、仲間を集めるとき亀楽を使うことが多かった。

「あっしが、ひとっ走り、長屋をまわってきやすぜ」

孫六がそう言い残し、戸口から飛び出していった。

「ところで、菅井、ちかごろ居合抜きの見世物に出てないようだな」

源九郎は、ここ数日、菅井が長屋を出ずに家にとどまっていることを知っていた。

「おれも、気になってな、居合抜きの見世物に出る気がしないのだ」

菅井が眉を寄せて言った。

「町方は、菅井とつながるようなことを何かつかんでいるかもしれんな」

源九郎は、町方が盗賊のなかに武士がいたということだけで、菅井とつなげたのではないとみていた。

「おれも、そんな気がする」

「いずれにしろ、盗賊をひとり捕らえて話を聞けば、菅井が一味のなかにいなかったことが、はっきりする」

「そうだな」

菅井が細い目をひからせて言った。

七

源九郎たちは仲間たちを集めて相談するとき、飲み屋の亀楽を使うことが多かった。亀楽はぐれ長屋から近かったし、酒代は安く、肴《さかな》は有り合わせの物が多かったが、味は悪くなかった。

あるじの元造《もとぞう》は寡黙な男で、源九郎たちが店内で騒いでいても口を挟むようなことはなかった。それに、頼めば、他の客を断って貸し切りにもしてくれた。源九郎たちが事件にかかわったとき、集まって相談するのには、もってこいの店だった。

暮れ七ツ（午後四時）過ぎ、亀楽に七人の男が集まった。七人は、はぐれ長屋の用心棒と呼ばれている。源九郎、菅井、孫六、安田十兵衛《やすだじゅうべえ》、茂次《しげじ》、三太郎《さんたろう》、平太《へいた》である。他に客はいなかった。源九郎が元造に頼んで、貸し切りにしてもらったのだ。

源九郎たち七人は、飯台を前にして腰掛け代わりの空樽に腰を下ろした。

「肴は、どうします」

店を手伝っているおしずが訊いた。おしずは平太の母親で、はぐれ長屋の住人でもあった。

「有り合わせでいい」

源九郎が言った。

「炙《あぶ》ったするめと、冷《ひ》や奴《やっこ》ならすぐに用意できますけど」

「それでいい。……おしずさん、先に酒を頼むぞ」

「はい、はい」

おしずは、すぐに板場にもどった。そして、元造とふたりで、七人分の銚子や猪口《ちょく》を運んできた。

「とにかく、一杯やってからだ」

そう言って、源九郎は銚子を取り、脇に腰を下ろしていた孫六の猪口に酒をついでやった。

孫六が目を細めて言った。

「ありがてえ、こうやって、長屋のみんなと飲む酒ほど旨《うめ》えものはねえ」

孫六は酒好きだった。ところが、いっしょに住む娘夫婦に気兼ねして、家ではあまり飲まないようにしていた。そうしたこともあって、こうして仲間たちといっしょに外で飲む酒を楽しみにしていたのだ。

源九郎は、男たちが酒を酌み交わすのを待ってから、

「今日、集まってもらったのは、御用聞きに捕らえられた安次のことだ」

そう切り出した。すると、男たちの目が源九郎に集まった。

「安次は、岡っ引きにつかまったと聞きやしたが、お梅《うめ》は濡《ぬ》れ衣《ぎぬ》だといってやしたぜ」

茂次が言った。お梅は茂次の女房である。

茂次は研師《とぎし》だった。まだ少年のころ、刀槍《とうそう》を研ぐ名の知れた研屋に弟子入りしたのだが、師匠と喧嘩して飛び出してしまった。いまは、長屋や裏路地をまわり、包丁、鋏《はさみ》、剃刀《かみそり》などを研いだり、鋸《のこぎり》の目立てなどをして暮していた。茂次も、その道から挫折したはぐれ者のひとりである。

「その岡っ引きだが、菅井どののことも探っていると聞いたぞ」

安田がそう言って、手にした猪口の酒を飲み干した。

安田は大酒飲みだった。長屋の者たちは、ひそかに飲兵衛十兵衛と呼んでいる。安田は御家人だったが、家を継いだ兄と馬が合わずに家を飛び出し、長屋で独り暮らしをするようになったのだ。

安田は食べていくために、近所の口入れ屋に出入りし、普請場の力仕事や桟橋での荷揚げなどの力仕事をしていた。

安田も源九郎や菅井と同じように武士ではあったが、はぐれ者である。ただ、子供のころから一刀流《いっとうりゅう》の町道場に通って稽古に励んだので、源九郎や菅井のように剣の遣い手であった。

「そうらしいな」

菅井が、渋い顔をして言った。

「なぜ、菅井どののことを探っていたのだ」

安田が訊いた。

「分からぬ」

そう言って、菅井は猪口の酒を飲み干した。菅井の顔が酒気を帯びて、般若のようになっている。

「菅井のこともあるが、わしらがいまやることは、安次が盗賊にはかかわりのないことをはっきりさせることだ」

源九郎はそう言って、懐から巾着を取り出し、

「ここに、入っている銭は、長屋の女房連中が長屋をまわって集めたものだ。ほとんどが銭だが、なかには一朱銀もある」

そう言って、飯台の上に置いた。

「それを、あっしらで分けるんですかい」

茂次が訊いた。

「いや、分けるほどはない」

源九郎がそう言うと、男たちの顔に戸惑うような色が浮いた。これまで、この場にいる七人は命懸けの仕事に見合う相応の金額を手にしてきたのだ。

「せいぜい、この店での飲み代ぐらいだな」

源九郎が言い添えた。

次に口をひらく者がなく、その場が重苦しい沈黙につつまれたとき、

「銭じゃァねえ！」

と、孫六が声高に言った。

すると、男たちの視線が孫六に集まった。

「華町の旦那、その巾着から銭を出して見せてくれ」

孫六がむきになって言った。

「いいだろう」

源九郎が巾着から銭と一朱銀などを摑《つか》んで、飯台の上に積み上げた。なかには、錆《さ》びた物も混じっている。

「みんな、見てくれ。これはな、長屋の女房連中が一軒一軒まわって、すこしずつ集めたものだぞ。この銭には、安次を何とか助けてやりてえという長屋のみん

なの願いが籠《こも》ってるんだ」

孫六が、めずらしく熱っぽい口調で言った。酒がまわった勢いもあるらしい。

「孫六の言うとおりだ。わしは、この銭を受け取ったときから、独りでもやると決めていた」

源九郎が言うと、

「あっしもやりやす」

黙って聞いていた三太郎が、声を上げた。

「おれもやる！」

若い平太が、立ち上がって言った。

すると、茂次も安田も、やる、と声を上げた。

「これで、決まりだ。今夜は、金の心配をせずに、好きなだけ飲んでくれ」

源九郎が声高に言った。

「飲むぞ！」

孫六が、手にした猪口の酒を飲み干した。

その夜、源九郎たち七人は、酔いつぶれるほど飲んだ。亀楽から出ると、満天の星空だった。

「華町、そのうちおれも、町方に引っ張られるかもしれんな」

菅井が、酒で赭黒《あかぐろ》く染まった般若のような顔をしかめて言った。

第二章　盗　賊

一

まず、源九郎は盗賊に襲われた成田屋で話を聞いてみることにした。そのことを孫六に話すと、

「旦那、栄造の手を借りやしょう。栄造といっしょに行けば、成田屋でも話してくれるはずでさァ」

孫六が言った。

「栄造は、わしらといっしょに行ってくれるかな」

「喜んで行きやすよ。盗賊のひとりでも摑《つか》まえれば、栄造の大手柄になりやすからね」

「それなら、栄造といっしょに行くか」

源九郎もその気になった。

「平太も連れていきやしょう」

孫六が言った。

平太は、すっとび平太と呼ばれるほど足が速かった。何かの連絡のときに役にたつ。それに、平太はふだん鳶《とび》の仕事をしているが、岡っ引きになりたくて栄造の手先として動くこともあったのだ。

「そうだな、平太も連れていくか」

源九郎が言った。

「あっしが、平太を呼んできやす」

すぐに、孫六が平太の家にむかった。

いっときすると、孫六が平太を連れてもどってきた。平太は、孫六から栄造といっしょに成田屋へ行くことを聞いたらしく、はりきっていた。

五ツ半（午前九時）ごろ、源九郎たち三人は、はぐれ長屋を出て諏訪町に住む栄造の許にむかった。

源九郎は長屋の路地木戸を出て、竪川沿いの通りまで来たとき、と、孫六に訊いた。

「茂次たちは、どう動くかな」

菅井と安田はまだ動かずに長屋にいて、安次や菅井のことで岡っ引きが長屋に探りに来れば、その男から事情を訊《き》いてみると話していた。

「茂次と三太郎も、成田屋の近くで事件のことを聞いてみるといって、出掛けたようですぜ」

孫六が言った。

「それなら、茂次たちも何かつかんでくるかもしれんな」

源九郎たち三人は、そんな話をしながら栄造の営む勝栄にむかった。

栄造は店にいた。栄造は源九郎から話を聞くと、

「いっしょに、成田屋に行きやしょう。あっしは、まだ押し込み一味の尻尾《しっぽ》もつかんでねえんでさァ」

そう言って、栄造はお勝に御用の仕事で出掛けることを話した。

源九郎たち四人は勝栄を出ると、日本橋本町にある成田屋にむかった。源九郎たちは、日光街道を日本橋方面に歩いた。成田屋は、その街道の先にある。

源九郎たちが中山道に突き当たる手前まで来たとき、栄造が路傍に足をとめ、

「その店が、成田屋ですぜ」

と、斜向《はす》かいにある土蔵造りの大店《おおだな》を指差して言った。

店の立て看板に、「呉服品々、成田屋」と書いてあった。

その辺りは人通りが多く、通り沿いには大店が並んでいたので、成田屋もあまり目立たなかった。

「繁盛しているようだな」

源九郎が言った。

成田屋には、町娘、年増《としま》、供連れの武士などが出入りしていた。盗賊に押し入られて大金を奪われ、番頭を殺されたような暗い雰囲気はなかった。

「店に入《へえ》りやすか」

栄造が言った。

「入ろう」

源九郎たちは、成田屋の暖簾《のれん》をくぐった。

土間の先が、ひろい売り場になっていた。手代や丁稚《でっち》たちが客を相手に忙しそうに動いていた。

そのとき、源九郎たちの姿を目にした手代が、揉《も》み手をしながら近付いてきたが、顔はこわばっていた。客ではない、とみたようだ。

手代は源九郎たちの近くに来て座ると、

「何か御用でしょうか」

と、他の客に聞こえないように小声で訊いた。

「押し込みのことで、訊きたいことがある」

栄造が言った。

「お待ちください」

そう言い残し、手代は慌てた様子で、売り場の左手にある帳場にむかった。

帳場格子のむこうで、番頭らしい男が算盤《そろばん》をはじいていた。番頭は押し込みに殺されたようなので、その後新しく番頭になったのだろう。

番頭は手代から話を聞くと、すぐに腰を上げて源九郎たちのそばにきた。そして、上がり框《がまち》のそばに座り、

「番頭の佐久造《さくぞう》でございます。どのような御用件でしょうか」

と、源九郎たちに訊いた。顔がこわ張っている。手代から、盗賊のことで来たと聞いたからだろう。

「押し込みのことで、訊きたいことがあってきたのだ」

栄造が、あらためて言った。

「こちらのお方は、どなた様でしょうか」

番頭が、源九郎に目をやって訊いた。顔に不審そうな色が浮いた。

「おれは、八丁堀の者だ。正体が知れないように身装《みなり》を変えてきた」

源九郎がそう言うと、孫六が懐から十手を取り出し、

「隠密廻りの方だ」

と、声をひそめて言った。

平太は下っ引きのような顔をして控えている。

町奉行所には、定廻りや臨時廻り同心の他に事件の探索に当たる隠密廻り同心もいた。その名のとおり、隠密廻りは様々に身装を変えて、密かに探索にあたることが多かった。ただ、奉行から直接命じられて探索にあたることがほとんどで、こうした事件には滅多に顔を出さなかった。

「お上がりになって、くださいまし」

そう言って、番頭が源九郎たちを売り場に上げた。

二

番頭が源九郎たちを連れていったのは、帳場の奥にある小座敷だった。来客用の座敷であろうか。正面に床の間があり、山水の掛け軸がかけてあった。

番頭は源九郎たちが座敷に腰を下ろすのを待って、

「すぐに、あるじを呼んでまいります」

と、言い残し、座敷から出ていった。

いっときすると、番頭は五十がらみの瘦身の男を連れてきた。茶の黒羽織に、縞柄《しまがら》の小袖姿だった。

「あるじの久兵衛《きゅうべえ》で、ございます」

瘦身の男が、名乗った。

番頭は源九郎たちに頭を下げて、座敷から出ていった。この場は、あるじの久兵衛にまかせる気らしい。

「この店に入った盗賊のことで、訊きたいことがある」

源九郎が切り出し、栄造と孫六に、「まず、ふたりから訊いてくれ」と指示した。

「何度も訊かれたことだろうが、賊はこの店にどうやって入ったのだ」

と、栄造が訊いた。

「はっきりとしませんが、表戸のくぐりの猿《さる》が、はずされていました。手代や丁稚があけたとは思えませんので、何者かが昼間のうちに店の裏手の背戸から下働きの者を装って入り、床下か納戸かにもぐり込んで、夜になるのを待っていたのかもしれません」

久兵衛の説明は、澱《よど》みなかった。町方に、何度も話したからだろう。

猿は戸の框に取り付け、柱や敷居の穴に挿して戸締まりをする木片のことである。

「すると、賊は表のくぐりから入ったのだな」

栄造が言った。

「そうみています」

「賊は店に侵入した後、どうした」

「店の裏手にある内蔵《うちぐら》をあけるために、番頭の甚蔵《じんぞう》を起こして帳場まで連れてきたようです」

久兵衛が、賊は甚蔵に内蔵の鍵を出させるために帳場に連れてきたらしいと話した。甚蔵は殺された番頭である。

「内蔵の鍵は、帳場にあったのだな」

栄造が訊いた。

「はい、帳場の後ろの小簞笥《こだんす》に入れてありました」

「その後、どうした」

「ぞ、賊は、内蔵をあけて、なかにあった千四百両ほどの有り金を運び出しました」

久兵衛の声が震えた。

内蔵にあった千両箱が、ふたつ奪われたという。ひとつの千両箱には千両入っていたが、もうひとつは四百両ほどしか入ってなかったそうだ。

「賊の人数は、何人だ」

さらに、栄造が訊いた。

「六、七人、いたようです」

久兵衛によると、賊が店に入ったとき、厠《かわや》にいた手代の松三郎《まつさぶろう》が廊下に出て、売り場近くまで来て賊の姿を目にしたという。

そのとき、黙って聞いていた源九郎が、

「その松三郎という手代が、賊が廊下を歩いているときに口にした安次という名を耳にしたのだな」

と、源九郎が念を押すように訊いた。

「そうです」

「番頭の甚蔵だが、どうなったのだ」

さらに、源九郎が訊いた。甚蔵は殺されたと聞いていたが、帳場近くにいたはずである。

「こ、殺されました」

久兵衛が声をつまらせて言い、

「その様子を、松三郎が見ていたのです」

と、言い添えた。

「松三郎は、店にいるのか」

源九郎が訊いた。

「おります」

「松三郎に話が訊きたいのだが、呼んでもらえるかな」

「お待ちください」

久兵衛は立ち上がり、座敷から出ていった。

いっときすると、久兵衛が若い男をひとり連れてもどってきた。手代の松三郎らしい。

松三郎は緊張した面持ちで、久兵衛の脇に座した。

「松三郎、番頭の甚蔵が殺されるところを見ていたそうだな」

源九郎があらためて訊いた。

「は、はい……」

「甚蔵を斬ったのは、武士か」

「暗くて、はっきりしませんが、お侍のように見えました」

松三郎によると、帳場の隅に置かれた燭台《しよくだい》に火が点《とも》され、ぼんやりと賊と甚蔵の姿を浮かび上がらせていたという。

甚蔵を斬った男は、黒の頭巾《ずきん》をかぶっていて顔は見えなかったが、小袖にたっつけ袴《ばかま》姿で、大小を帯びていたそうだ。

「その男は、甚蔵を斬る前に何か言ったか」

「な、何も言いませんでした。……番頭さんの脇に来ると、いきなり刀を抜いて斬りつけました」

松三郎の声が、震えた。そのときの様子が、蘇《よみがえ》ったらしい。

「抜き打ちに斬ったのか」

「は、はい。……刀が、燭台の灯《ひ》に赤くひかったように見えました」

「迅《はや》い太刀《たち》捌《さば》きだったらしいな」

そのとき、源九郎の脳裏に、その賊は居合を遣ったのかもしれない、との思いがよぎった。

「松三郎、そのときの様子を町方にも話したのか」

源九郎が、念を押すように訊いた。

「話しました」

「うむ……」

松三郎から話を聞いた町方が、賊のなかに居合を遣う武士がいたと決め付け、その居合から菅井と結び付けたのかもしれない、と源九郎は思った。

ただ、賊のひとりが抜き打ちざまに斬りつけたことだけで、菅井と結び付けたとしたら、あまりに短絡的過ぎる。

他にも何か、菅井と結び付けることがあったのかもしれない、と源九郎は思い、

「番頭を斬った武士のことで、他にも町方に話したことがあるのか」

と、念を押すように訊いた。

「はい、武士の体付きや年格好などを訊かれて、話しました」

「それで、武士の体付きは」

源九郎が訊いた。

「暗くて、はっきりしなかったのですが……。背丈はそばにいた男たちとあまり変わりませんでした。それに、太っているようにも痩せているようにも見えなかったのです」

「そうか」

中肉中背ということであろう、と源九郎は思った。菅井はどちらかといえば痩せていたが、中肉中背と言えなくもない。

源九郎の話がとぎれたとき、

「そいつの髪は、長かったかい」

と、黙って聞いていた孫六が口を挟んだ。

「頭巾をかぶっていたので、髪は見えませんでした」

松三郎が答えた。

「死神か、幽霊か……。そんな不気味な感じはしなかったか」

孫六は、暗闇で菅井を一見したときに感じる印象を訊いたらしい。

「こ、怖くて、よく見ていなかったもので……」

松三郎の声が震えた。その夜、目にしたことが、あらためて蘇ったのであろう。

「変わった感じは、しなかったってことだな」

そう言って、孫六は口をつぐんだ。

次に口をひらく者がなく、座敷が重苦しい沈黙に包まれたとき、

「賊は、千両箱をふたつ持って表のくぐりから逃走したのだな」

と、栄造が念を押すように訊いた。

「そうです」

久兵衛が答えた。

栄造につづいて源九郎が、その後、峰造という岡っ引きが、店に話を聞きにこなかったか久兵衛に訊くと、

「二度ほど見え、押し入った賊のことを訊かれました」

と久兵衛が答え、峰造が安川という町方同心といっしょに来たことを言い添え

た。

「安川どのも、いっしょか」

源九郎がつぶやくような声で言った。安川は、峰造に手札を渡している八丁堀の同心である。

「手間をとらせたな。また、話を訊きに店に寄らせてもらうことがあるかもしれぬ」

そう言い置き、源九郎が腰を上げた。

孫六と栄造も、源九郎の後につづいて座敷を出た。

三

源九郎、孫六、栄造、平太の四人は、来た道を引き返した。日光街道を両国方面にむかって歩きながら、

「ちょいと、気になることがありやしてね」

と、栄造が言った。

「なんだい、気になることとは」

孫六が訊いた。

源九郎は、ふたりからすこし身を引いた。この場の話は、ふたりにまかせようと思ったのだ。

「二年ほど前、両替屋に押し入った一味の手口が似てるんでさァ」

「馬喰《ばくろ》町《ちよう》にある笠原屋《かさはらや》かい」

孫六が訊いた。

「そうでさァ。笠原屋に押し入った賊も七人で、そのなかに二本差しがひとりいたんでさァ」

栄造によると、笠原屋も賊に内蔵が破られ、千両ちかくの金が奪われたという。

「だがよ、笠原屋はだれも殺されなかったぜ」

孫六は、笠原屋の件も知っているようだった。岡っ引きだったことがあるせいか、そうした事件に関心を持っていて、噂を聞くと、暇にまかせて様子を見に行くことがあるようだ。

「賊の人数も同じようだし、二本差しがひとりいることも同じでさァ」

「そうだな」

孫六が、うなずいた。

「それに、店に入った手口が同じなのだ」

栄造によると、笠原屋も表戸のくぐりの猿が外されていて、賊は表のくぐりから入ったという。やはり、賊のひとりが、昼間のうちに店の背戸から下働きの者を装って入り、床下か納戸かにもぐり込んで、夜になるのを待っていたとみているそうだ。

「その賊のことで、何か知っている者はいないかな」

源九郎が、後ろから栄造に訊いた。

源九郎や孫六たちはぐれ長屋の者は、盗賊を捕らえることが目的ではなかった。盗賊を捕らえるのは、町方の仕事である。

源九郎たちは、菅井と安次が盗賊仲間ではないことをはっきりさせれば、それでいいのだ。

「猪八《いはち》のとっつァんなら、何か噂を耳にしているかな」

栄造が言った。

「猪八という男は、どこにいる」

源九郎は、猪八から聞けば、盗賊のことがはっきりするのではないかと思った。

「浅草黒船町《くろふねちょう》で、飲み屋をやってやす」

栄造によると、猪八の店は縄暖簾を出した小体《こてい》な飲み屋で大川端の道沿いにあるそうだ。猪八の店には、やくざ者や凶状持ち、盗人《ぬすっと》だった男なども出入りし、様々な噂が猪八の耳に入るという。

「いまから行ってみるか」

黒船町は、勝栄のある諏訪町より川下の地にあった。いまから行っても、暗くなる前に着けるだろう。

「行きやしょう」

孫六も乗り気になった。

源九郎たち四人は、日光街道を引き返した。そして、浅草御蔵の前を通り過ぎて黒船町に入って間もなく、

「こっちでさァ」

と、栄造が言って、右手の路地に入った。

路地をいっとき歩くと、大川端沿いにつづく道に出た。栄造が先にたって川上にむかって歩いた。

川沿いの道をいっとき歩くと、栄造は路傍に足をとめ、

「その店でさァ」

と言って、道沿いにある小体な店を指差した。

船宿の斜向かいにある店で、店先に縄暖簾が出ていた。軒下に赤提灯《あかちょうちん》がぶら下がり、川風に揺れている。

「店は、ひらいているようだ」

源九郎が言った。

「旦那、一杯やりやしょう」

孫六の目尻《めじり》が、下がった。酒好きの孫六は、飲み屋に入ったら飲まずにいられないようだ。

飲み屋の引き戸をあけると、土間に飯台がふたつ置いてあった。客の姿はなかった。まだ日中なので、客が入るのはこれからであろう。

「とっつァん、いるかい」

栄造が声をかけた。

すると、右手にあった板戸があき、浅黒い顔をした男が姿を見せた。男は汚れた前垂れで濡れた手を拭きながら、

「栄造かい」

と、声をかけた。板場で、洗い物でもしていたのかもしれない。

「猪八、久し振りだな」

栄造が言った。どうやら、この男が猪八らしい。

「いっしょの三人は」

猪八が訊いた。

「むかしの仲間だ」

栄造は、孫六に目をやって言った。源九郎と平太のことは、何も言わなかった。どう説明していいか分からなかったらしい。

「わしは、長屋に住む隠居でな。栄造と親しくしている者だ」

源九郎が、笑みを浮かべて言った。

「そうですかい。まァ、腰を下ろしてくだせえ」

猪八は、土間に置かれた飯台に目をやった。

「とっつァん、酒を頼むぜ。肴《さかな》は、みつくろってくんな」

孫六が、顔をほころばせて言った。

「すぐに、用意しやすぜ」

そう言い残し、猪八は板戸をあけて板場にもどった。

いっときすると、猪八は樽《たる》のように太った年配の女とふたりで、銚子と猪口、それに肴を運んできた。女は猪八の女房らしかった。

「まだ、店にある肴はこれだけだ」

そう言って、猪八が漬物と冷《ひ》や奴《やっこ》、それに皿に載せた鰯《いわし》の煮付けを飯台に並べた。鰯は煮付けたばかりらしく、旨《うま》そうな匂いがした。

女房らしい女が板場にもどるのを待って、

「とっつァんに、訊きてえことがあるのよ」

と、栄造が切り出した。

四

「何を訊きてえんだい」

猪八は、そばにあった腰掛け代わりの空樽を引き寄せて腰を下ろした。

「ちょいと前に、本町にある呉服屋に押し込みが入ったのを耳にしているかい」

栄造が声をひそめて訊いた。

「知ってるぜ」

猪八の目が、ギョロリとひかった。

「二年ほど前に、馬喰町にある笠原屋に押し込みが入ったのを覚えているな」

「ああ」

猪八がちいさくうなずいた。

「本町の呉服屋に入った一味と、笠原屋へ入った一味の手口がそっくりなのだ」

栄造が言った。

「そうかい」

猪八は、表情を変えなかった。

「手口だけじゃァねえ。一味の人数もほぼ同じだし、二本差しがひとりくわわっていることも同じだ」

「親分は、笠原屋に入ったのと呉服屋に入ったのは、同じ一味とみてるんですかい」

猪八が訊いた。

「まァ、そうだ」

「それで、あっしに何を訊きてえんです」

そう言って、猪八は源九郎と孫六にも目をやった。

「おめえなら、一味のことで何か知ってるとみて寄ったのよ」

栄造が言った。

「知らねえなァ」

猪八は、首を捻った。

「とっつァんなら、噂ぐれえ耳にしてるだろう」

「噂なら、耳にしたことがあるぜ」

猪八が小声で言った。

「話してくれ」

「押し込み一味かどうかはっきりしねえが、何年か前まで独り働きの盗人だった千次《せんじ》という男がいやす」

「それで」

「千次の金遣いが、去年から急に荒くなったようでさァ」

猪八によると、千次は浅草寺界隈《かいわい》の女郎屋だけでなく、吉原《よしわら》にも出入りするようになったという。

「千次の塒《ねぐら》を知っているか」

栄造が訊いた。

「塒は知らねえ」

「どこを探れば、千次の居所をつかめるのだ」

「浅草寺界隈の女郎屋をあたれば、居所が知れるんじゃァねえかな」

そう言って、猪八は腰を上げた。

すると、黙って聞いていた源九郎が、

「わしも、訊きたいことがあるんだがな」

と、猪八に目をやって言った。

「なんです」

「千次の仲間に、安次という名の男はいなかったか」

源九郎が安次の名を出して訊いた。

猪八は虚空に目をやって、いっとき記憶をたどるような顔をしていたが、

「聞いてやせん」

と、小声で言った。

「千次が、武士と歩いているのを見掛けたことはないか」

さらに、源九郎が訊いた。

「一度、見掛けたことがありやす」

「どんな、武士だった」

源九郎が身を乗り出すようにして訊いた。

「牢人のように見えやした」

「長い髪だったか」

「へい、月代《さかやき》を剃らずに総髪でしたが、髷《まげ》は結ってやした」

猪八が言った。

源九郎はさらに武士の体付きも訊いてみたが、菅井とはあまり違わないような口振りだった。

源九郎が口をとじると、つづいて孫六が、

「千次の仲間のことを知らねえかな」

と、訊いた。

「知りやせんねえ」

そう言って、猪八は板場にもどりたいような素振りを見せた。

「とっつァん、すまねえ。後は、あっしらで飲んでるぜ」

そう言って、栄造が猪八を板場に帰した。

源九郎たち四人は、それから半刻(一時間)ほど酒を飲んでから飲み屋を出た。店の外は、夜陰に染まっていた。

大川の川面は月明かりを映じて淡い黄金色《こがねいろ》に染まり、無数の波の起伏を刻んでいた。日中は猪牙舟《ちょきぶね》、箱船、屋形船などが行き来しているのだが、いまは船影もなく、轟々《ごうごう》と流れの音だけが響いている。

「どうしやす」

孫六が、流れの音に負けないように声高に訊いた。

「これから、女郎屋にあたってもいいが、すこし遅いな」

源九郎は、浅草寺界隈まで行って聞き込みにあたると、今夜ははぐれ長屋に帰れなくなるのではないかと思った。

「明日にしやすか」

栄造が言った。

「そうするか」

源九郎たちは、その場で栄造と別れた。

栄造の家はこの場所より川上の諏訪町にあるので、源九郎たちとは方向が逆になる。

「華町の旦那、明日もお供しやすよ」

そう言って、栄造は源九郎たちと離れていった。

源九郎と孫六は、肩を並べて川下にむかって歩いた。平太は源九郎の後ろからついてくる。ふたりともそれほど酒は飲んでなかったが、火照《ほて》った肌に川風が心地好《ここちよ》かった。

五

源九郎たちがはぐれ長屋に帰り、源九郎の家の近くまで来ると、腰高障子が明らんでいるのが見えた。

「旦那の家に、だれかいるようですぜ」

孫六が言った。

「そのようだ」

源九郎はすこし足を速めた。

戸口まで行くと、家のなかから何人もの話し声が聞こえた。いずれも男の声である。

「菅井の旦那たちですぜ」

孫六が言った。

源九郎にも、菅井の声が聞き取れた。

源九郎が、腰高障子をあけた。座敷に、男が四人もいた。菅井、安田、茂次、三太郎である。

「華町、待っていたぞ」

菅井が声をかけた。

源九郎は土間に入ってから、

「何かあったのか」

と、訊いた。孫六と平太も、源九郎につづいて土間に入ってきた。

「ともかく、上がってくれ。話はそれからだ」

菅井が言った。まるで、自分の家のような言い方である。

「そうか」

源九郎たち三人は座敷に上がり、あいている場に腰を下ろした。

「実は、菅井どのが尾《つ》けまわされたようなのだ」

安田が言うと、

「おれが、長屋を出たときからずっと跡を尾けてきおった」

菅井は、安次の仕事仲間に様子を訊いてみようかと思い、顔見知りの屋根葺《ふ》き職人の住む長屋まで出掛けたという。その長屋は、二ツ目橋のたもと近くの相生町四丁目にあるそうだ。

竪川には大川に近い場所から順に、一ツ目橋、二ツ目橋、三ツ目橋……、と呼ばれる橋がかかっていた。

「何者が跡を尾けたのだ」

源九郎が訊いた。

「名は知らぬが、岡っ引きらしい。ふたりいた」

菅井が言った。

「ふたりか」

「そうだ」

「峰造はいたのか」

「それが、ふたりとも見たことのない顔だった」

「すると、峰造の他にも菅井の身辺を探っている岡っ引きがいることになるな」

源九郎は、厄介《やっかい》になったと思った。定廻り同心の安川は、本腰を入れて菅井の身辺を探り始めたようだ。

次に口をひらく者がなく、座敷が重苦しい沈黙につつまれたとき、

「あっしと三太郎は、成田屋の近くで聞き込みにあたったんですがね、嫌な噂を

耳にしたんでさァ」

と、茂次が言った。

茂次の脇に座っている三太郎は、顔をこわばらせて身を硬くしている。

「嫌な噂とは、なんだ」

源九郎が訊いた。

「あっしらが話を訊いた男のなかに、この長屋のことを口にした者がいるんでさァ」

「その男は、どんなことを話したのだ」

「あっしらに話した男は、聞き込みにきた岡っ引きや下っ引きたちから、耳にしたようですがね」

そう、茂次は前置きし、

「その男は、成田屋に押し入った賊は七人らしいと言っていやした」

と、男たちに目をやって言った。

「おれも、六、七人と聞いたぞ」

源九郎が言うと、孫六がうなずいた。

「男は、賊の七人のなかに、居合を遣う武士がひとりいたらしいとも話してやした」

「居合と、はっきり言ったのか」

源九郎が念を押すように訊いた。

「岡っ引きの何人かが、武士は居合を遣うらしいと話し、この長屋のことも口にしたそうでさァ」

茂次が言うと、その場にいた男たちの目が菅井に集まった。

「居合な。それだけでは、菅井と決め付けられないぞ」

源九郎が言った。

「それだけじゃァねえんで」

「他にも何かあるのか」

「岡っ引きたちが話したことによると、一味の七人のなかに他にも武士がいたかもしれねえと言ってやした」

「おい、わしらはな、成田屋で話を聞いたが、武士はひとりだったらしいぞ」

源九郎が言うと、

「武士はひとりだ」

と、孫六が語気を強くして言った。

「それが、七人のなかには何人も頭巾をかぶっていた者がいたので、武士がいてもおかしくねえと話したそうでさァ」

茂次が言った。

「他にも、武士がいたとすると、どういうことになるのだ」

源九郎が、茂次や菅井たちに目をやって訊いた。

すると、黙って聞いていた安田が、

「押し込みは七人、そのなかに居合を遣う武士がひとり、安次という名の男がひとり、それに武士がふたりなりなり三人なりいたとなると、町奉行所の同心や岡っ引きたちは、だれを疑う」

と、言って、座敷にいる男たちに目をやった。

「あ、あっしら、ここにいる者か！」

孫六が目を剝《む》いて言った。

「そうなるな」

安田が低い声で言った。

「峰造が、長屋を探っていたのは、菅井の旦那だけじゃァなくて、あっしらみんなですかい」

平太が、上ずった声を上げた。

「や、安次を助け出すどころか、あっしらみんながお縄になるんですかい」

三太郎が、声を震わせて言った。

次に口をひらく者がなく、座敷が重苦しい沈黙につつまれたとき、

「華町、どうする」

菅井が眉《まゆ》を寄せて訊いた。

源九郎が男たちに目をやり、

「わしらの手で、賊のひとりでも摑まえて、濡《ぬ》れ衣《ぎぬ》を晴らすしかあるまい」

と、強い口調で言った。

六

翌朝、源九郎の家に孫六、茂次、平太の三人が顔を出した。昨日、源九郎の家に集まったとき、茂次と平太に、手を貸してくれ、と源九郎が頼んだのだ。

源九郎は、千次という男の居所をつかむために浅草の浅草寺界隈に行って探るつもりだった。猪八から千次のことを聞き、押し込み一味のひとりではないかと睨《にら》んだのだ。菅井や安田に声をかけなかったのは、大勢で行くと長屋が留守にな

り、峰造たちが長屋のなかまで入ってきて、聞き込みにあたるのではないかとみたからだ。

源九郎たちは浅草寺にむかう途中、諏訪町にあるそば屋の勝栄に立ち寄った。栄造もいっしょに行くことになっていたのだ。

栄造は勝栄にいた。そして、源九郎たちといっしょに浅草寺にむかった。途中、源九郎が、はぐれ長屋の源九郎たち七人が、町方や御用聞きたちに盗賊とみられているらしいことを栄造に話すと、

「あっしも、そんな話を耳にしたことがありやす」

栄造が、苦笑いを浮かべて言った。

「御用聞きたちのなかには、わしらではないかとみている者もいるのだな」

源九郎が念を押すように訊いた。

「いやす」

栄造はそう言った後、口を閉じたますこし歩いてから、

「ただし、八丁堀の旦那のなかにも、長屋の旦那たちに目をつけている者がいると聞きやしたから、厄介ですぜ」

と言って、顔に困惑の色を浮かべた。

「うむ……」

源九郎は渋い顔をして歩いていたが、

「わしらの手で押し込みのひとりなり、ふたりなり捕らえて、濡れ衣を晴らすしか手はないな」

と言って、すこし足を速めた。

源九郎たちは、駒形堂《こまがたどう》の前から賑やかな浅草寺の門前通りに出た。大勢の参詣客や遊山《ゆさん》客が行き交っている。

駒形町から並木町《なみきちよう》に入って間もなく、先を歩いていた栄造が、二階建ての大きな料理屋の脇に足をとめた。

料理屋は、明石屋《あかしや》という名だった。店の入口の脇に、「御料理　明石屋」と記された掛け看板が出ていたのだ。すでに客がいるらしく、二階の座敷から嬌声《きようせい》や客の談笑の声などが聞こえてきた。

「華町の旦那、ここらで分かれて聞き込みに当たりやすか」

栄造が、源九郎に訊いた。大勢で歩いていると、人目につくだけで埒《らち》が明かないとみたようだ。

「それがいいな」

源九郎は同意した後、

「ふたりずつに、分かれるか」

と、男たちに声をかけた。

源九郎たちは、ふたりずつに分かれて聞き込みにあたることになった。ただ、栄造だけはひとりである。源九郎は年寄り同士で孫六と組み、茂次と平太で組むことになった。

一刻（二時間）ほどしたら、またこの場に集まることにし、源九郎たちはその場で分かれた。

「孫六、どこへ行く」

源九郎が訊いた。

「猪八は、女郎屋にあたれば、知れると言ってやしたぜ」

「ともかく、女郎屋にあたってみるか」

源九郎と孫六は、浅草寺の門前にむかって歩いた。通りは、門前に近付くにつれて賑やかになり、大勢の参詣客や遊山客などの姿があった。通り沿いには、料理屋、料理茶屋、置屋などが並んでいる。

「旦那、そこに女郎屋がありやすぜ」

孫六が、通り沿いにある女郎屋を指差した。

店先に大きな暖簾が下がっていた。政喜屋《まさきや》と記されている。店の入口の脇に、妓夫台《ぎゆう》が置かれ、妓夫が腰を下ろしていた。女郎屋の妓夫は、客の呼び込みが仕事である。

妓夫はごろつきのような男で、下駄《げた》履きで手ぬぐいを肩にひっかけていた。

「あの妓夫に、訊いてみやすか」

そう言って、孫六が店先に近付いた。

妓夫は孫六を目にとめると、揉み手をしながら近寄ってきて、

「旦那、贔屓《ひいき》にしている女《たま》はいるんですかい」

と、薄笑いを浮かべて訊いた。

「女もいいが、おめえにちょいと訊きてえことがある」

そう言って、孫六は懐から巾着《きんちゃく》を取り出し、何枚かの銭を摑むと、

「すくねえが、とっときな」

と言って、妓夫の手に握らせてやった。

「おッ、こいつはすまねえ」

妓夫は、薄笑いを浮かべて銭を握りしめた。

「ちょいと、訊きてえことがあるんだ」

孫六が声をひそめて言った、

「何を訊きてえんです」

孫六が、「でけえ声じゃァ言えねえんだが」と小声で言って、妓夫に身を寄せ、

「政喜屋に、千次という男が来たはずなんだがな。おれは、千次に銭を貸してるんだが、いつになっても返《けえ》してくれねえのよ」

と、もっともらしく言った。

「千次ですかい」

妓夫が訊いた。

「そうだ」

「千次なら、店に来ることがありやすぜ。……贔屓の女がいるようで」

妓夫が声をひそめて言った。

「そいつは、おれが銭を貸している千次に、まちげえねえだろうな。……どんな、顔付きをしている」

孫六は、まだ、千次という名だけで、顔付きも年格好も知らなかった。千次を捕らえるために、顔付きだけでも知っておきたかったのだ。

「目が細くで、顎《あご》のとがった男よ」

妓夫はそう言ったが、顔に警戒するような表情が浮いた。孫六が顔付きまで訊いたので、不審を抱いたのであろう。

「千次にまちげえねえようだ」

孫六は、「手間をとらせたな」と妓夫に声をかけ、足早にその場を離れた。

源九郎は、孫六が政喜屋から離れるのを待って後を追った。孫六は源九郎に気付くと、路傍に身を寄せて足をとめた。

「孫六、うまく聞き出したな。さすが、番場町の親分と呼ばれた男だ」

源九郎が言うと、

「それほどでもねえや」

孫六が照れたような顔をして、

「千次が、政喜屋に顔を出すのはまちげえねえ。それにしても、うまくいきやした。最初の店で、千次のことがつかめやしたからね」

と、言い添えた。

「そうだな」

「旦那、どうしやす」

「まだ、明石屋の近くにもどるのは早いな」

源九郎たちは、しばらく政喜屋を見張ることにした。

だが、源九郎たちが路傍に立ってしばらく政喜屋を見張ったが、千次と思われる男は姿を見せなかった。

七

源九郎は、孫六を政喜屋の近くに残して明石屋の脇にもどった。栄造、茂次、平太の三人が待っていた。

「千次のことは、何も知れやせん」

栄造が気落ちした顔で言うと、

「あっしらも、つかめなかったんで」

と、茂次が言い、平太も残念そうな顔をした。

「千次が姿を見せる女郎屋が知れたぞ」

源九郎がそう言って、政喜屋のことを話し、「いま、孫六が店を見張っている」と言い添えた。

「どうしやす」

栄造が訊いた。

「交替で政喜屋を見張るつもりだ。今日、千次が姿を見せるかどうか分からんがな」

源九郎は、そう都合よく千次は姿を見せないだろうと思った。

「あっしと平太とで、孫六のとっつァんと交替しやすよ」

茂次が言うと、平太がうなずいた。

「ふたりに、頼む。……また、半刻（一時間）ほど経ったら交替しよう」

源九郎は、茂次に政喜屋のある場所を話し、孫六に、この場にもどるよう話してくれ、と茂次に頼んだ。

源九郎は孫六がもどったら、近くのそば屋にでも入って腹拵《はらごしら》えをしようと思ったのだ。

その日、源九郎たちは交替で暗くなるまで見張ったが、千次は姿を見せなかった。源九郎たちは諦《あきら》め、明日また来ることにして、それぞれの塒に帰ることにした。

翌日の午後、源九郎たち五人は、ふたたび明石屋の脇に集まった。

「今日は、あっしが先に見張りやしょう」

と栄造が言って、その場を離れた。

後に残った源九郎たちは、半刻（一時間）ほどしたら、その場にもどることにし、念のため別の女郎屋にも当たって、千次のことを探ってみることにした。

源九郎と孫六は、浅草寺界隈の女郎屋の近くで探ったが、千次らしい男は浮かんでこなかった。

源九郎と孫六が明石屋の脇にもどると、茂次と平太の姿があった。

「千次のことは、何も知れやせんでした」

茂次が肩を落として言った。

「わしらも、同じだ」

源九郎が言った。

それから、源九郎たちはしばらくその場に立って栄造がもどるのを待ったが、なかなか姿を見せなかった。

「あっしが、様子を見てきやしょう」

孫六が、その場を離れようとした。

そのとき、通りの先に目をやっていた平太が、

「来やした！　栄造親分が」

と、声高に言った。

通りの先に、栄造の姿が見えた。小走りにもどってくる。

「千次が、姿を見せやした!」

すぐに、栄造が言った。

「政喜屋に入ったのか」

源九郎が訊いた。

「入《へえ》りやした」

栄造によると、顎の尖《とが》った男が政喜屋の入口にむかったので、栄造が通行人を装って近付くと、妓夫と男のやり取りが聞こえたという。

「妓夫が、千次兄いと呼んだのが、聞こえやした」

栄造が言い添えた。

「それなら、まちがいない」

「千次は、しばらく店から出てこねえとみて、知らせにもどったんでさァ」

「よし、千次が政喜屋から出るのを待って捕らえよう」

源九郎たちが男たちに目をやって言った。

源九郎たち五人はばらばらになり、政喜屋からすこし離れた店の陰に身を隠した。源九郎と孫六は、いい隠れ場所がなかったので、半町ほども離れたそば屋の陰から遠方の政喜屋に目をやった。

千次は、なかなか政喜屋から出てこなかった。すでに、浅草寺の門前通りは夜陰につつまれている。

門前通りは夜になると人影がすくなくなったが、それでも、絶え間なく酔客や女郎屋帰りの男などが通りかかった。

「千次は、店から出てきやすかね」

孫六が源九郎に訊いた。めずらしく、孫六の顔に疲労の色が浮いていた。長く物陰に身を隠して、立ったまま見張りをつづけたせいであろう。

「来るはずだがな」

源九郎の声も、かすれていた。

「今夜は、泊まるかもしれねえ」

孫六がつぶやくような声で言った。

「千次が、政喜屋に入ったのは、明るいうちだ。朝まで居続けということはあるまい」

源九郎が、そう言ったときだった。

「茂次が、動いた！」

孫六が身を乗り出して言った。

見ると、政喜屋の近くの店の陰に身を隠していた茂次が通りに出てきた。こちらに歩いてくる。

「茂次の先にいる男を見ろ！　千次ではないか」

源九郎が声高に言った。

通り沿いの店の明かりのなかに、茂次の前方を歩いている遊び人ふうの男の姿が浮かび上がっていた。男は懐手をして、ぶらぶら歩いてくる。

一方、茂次は闇の深いところをたどるように歩いてくる。

「まちげえねえ、千次だ！」

孫六が、「はっきりしねえが、やつの顎がとがっているようにみえやす」と小声で言い添えた。

「平太も、いるぞ」

源九郎は、茂次の背後から歩いてくる平太を目にとめた。平太も、千次の跡を尾けてくるらしい。

「旦那、どうしやす」

孫六が訊いた。

「わしらは、千次の前を歩くのだ」

そう言って、源九郎はそば屋の陰から通りに出た。

孫六も、源九郎につづいた。幸いそば屋から洩《も》れる灯はわずかだったので、夜陰が源九郎と孫六の姿を隠してくれた。

源九郎は、通り沿いの店から洩れる灯がなくなり、夜陰につつまれている場所まで来ると、

「ここで、仕掛ける」

と言って、足をとめた。

孫六も、足をとめて体を反転させた。

まだ、千次は源九郎たちに気付かずに歩いてくる。その千次の背後に、茂次、平太、それに栄造の姿もあった。栄造も、千次に気付いて跡を尾けてきたらしい。

源九郎と孫六は、千次にむかってゆっくりと歩いた。見ると、茂次たち三人は足を速め、千次との間をつめてきた。千次の前にいる源九郎たちに気付いたようだ。

源九郎と孫六は、千次が間近に来てから足をとめた。千次との間は、五、六間しかない。そのとき、千次の背後にいる茂次たちが走りだした。

ギョッ、としたように千次が立ち竦《すく》んだ。源九郎たちに気付いたらしい。

源九郎は無言で抜刀し、刀身を峰に返した。峰打ちで、千次を仕留めるつもりだった。源九郎の手にした刀が、夜陰のなかで青白くひかった。

「だ、だれだ、てめえは！」

千次は叫んだが、すぐに反転した。後ろへ逃げようとしたのだが、つっ立ったままだった。後ろから、走り寄る茂次たちの姿を目にしたようだ。

「は、挟み撃ちかい」

千次が声を震わせて言った。

千次はその場に立ったまま逃げ場を探したが、どこにも逃げ場はなかった。前から源九郎たち、後ろからは茂次たちが迫り、道の両側には表戸をしめた店が軒をつらねていた。

源九郎は千次に近付き、

「動くな！」

と、声をかけ、手にした刀の切っ先を千次の喉元に突き付けた。

ヒッ、と千次は喉を裂くような悲鳴を漏らしたが、体を硬直させたまま動かなかった。

「縄をかけてくれ」

源九郎が声をかけると、

「承知しやした」

栄造が懐から細引《ほそびき》を取り出し、平太にも手伝わせて千次の両腕を後ろにとって縛った。さらに、栄造は、「騒ぐと面倒だ」と言って、千次に猿轡《さるぐつわ》をかました。

栄造は手際がよかった。岡っ引きとしての経験が長く、こうした場に慣れていたのだ。

「華町の旦那、この男はどうしやす」

栄造が訊いた。

「長屋に連れていって、話を聞きたいのだがな」

源九郎は、成田屋に押し入った盗賊一味のことが知りたかった。

「承知しやした」

栄造が縄をとり、「伝兵衛店まで、あっしも行きやすよ」とその場にいた男たちに聞こえる声で言った。

第三章　口封じ

一

はぐれ長屋の源九郎の家に、男たちが集まっていた。浅草に出かけた源九郎、孫六、茂次、平太の四人のほかに、菅井、安田、三太郎の姿もあった。その七人の男に取り囲まれ、座敷のなかほどに千次が座らされていた。

その場に、栄造の姿はなかった。千次を捕らえた後、栄造は駒形町まではいっしょに来たが、諏訪町にあるそば屋の勝栄に帰ったのだ。栄造は明日、あらためてはぐれ長屋に来ることになっていた。

座敷の隅に置かれた行灯《あんどん》の明かりが、源九郎たち七人を闇のなかに浮かび上がらせていた。

「千次、ここがどこか知っているな」

源九郎が千次を見据えて訊《き》いた。

「し、知らねえ」

千次が声を震わせて言った。顔が蒼《あお》ざめ、体は顫《ふる》えていた。

「仲間から聞いているはずだぞ」

「知らねえ！」

千次が声高に言った。

「知らなければ、思い出させてやる」

源九郎はそう言って、腰に帯びていた小刀を抜くと、切っ先を千次の頬《ほお》につけ、

「ここで、おまえを殺してもかまわない。回向院が、近いからな。無縁仏として葬ってやる」

と言いざま、小刀を引いた。いつになく、源九郎のやり方は残酷だった。それだけ、危機感を持っていたのだ。

ヒッ、と千次は悲鳴を上げ、体を硬直させた。頬に赤い線がはしり、血がたらたらと流れ落ちた。

「どうだ、すこしは話す気になったか」

源九郎の物言いは静かだったが、それがかえって凄《すご》みを生んだ。

「……！」

千次は体を顫わせたまま息を呑んでいる。

「話さねば、次は耳を落とす」

源九郎がそう言って、小刀の切っ先を千次の耳に当てた。

「は、話す！」

千次が声を上げた。

「始めから話せば、痛い思いをせずにすんだのに。……ここは、伝兵衛店だ。わしらはおまえたちのせいで、押し込み一味として町方に目をつけられている。すでに、一味と間違われて、捕らえられた者もいる」

源九郎の声に、鋭さがくわわった。

「千次、おまえは成田屋に押し込んだ七人のうちのひとりだな」

源九郎が千次を見すえて訊いた。

千次は蒼ざめた顔で身を顫わせていたが、

「へえ」

　そう応えて、ちいさくうなずいた後、

「あっしは、知り合いの重吉《じゅうきち》に声をかけられて手を貸しただけでさァ」

　と、小声で言い添えた。

「重吉は、盗人《ぬすっと》仲間か」

「……」

　千次は、首をすくめるようにうなずいた。

「一味のなかにいた牢人体の男は、何者だ」

　源九郎が声をあらためて訊いた。

「古峰《ふるみね》残《ざん》九郎《くろう》の旦那で」

「古峰な」

　源九郎は、菅井と安田に目をやって、「知ってるか」と訊いた。

「知らぬ」

　菅井が言うと、安田が「おれも、知らないな」と言い添えた。

「古峰は、どこに住んでいる」

　源九郎が声をあらためて訊いた。

「知らねえ。……おれは、成田屋に押し入る前《めえ》に、古峰の旦那と顔を合わせただけで、話をしたこともねえんだ」

千次がむきになって言った。

「そうか」

源九郎は、千次が嘘をついていると思わなかったので、

「一味には、他にも武士がいたのか」

と、訊いた。

「いやした」

「そやつは、武士の格好をしていたのか」

源九郎は、成田屋の手代の松三郎が、他の武士のことを口にしなかったので、そう訊いたのだ。

「小袖を着流し、刀を一本だけ差してやした」

「それで、武士のように見えなかったのだな」

松三郎は、暗がりのなかで賊を見たはずである。腰に帯びた刀が脇差に見え、武士とは思わなかったのだろう。

「その武士の名は」

源九郎が、千次を見すえて訊いた。

「知らねえ。その旦那とも成田屋の前で顔を合わせただけで、話もしなかったんでさァ」

「そうか」

源九郎は、いっとき口をとじていたが、

「おまえたちの頭目は」

と、語気を強くして訊いた。

「権蔵《ごんぞう》親分でさァ」

千次が小声で言った。

源九郎は、権蔵という名を初めて聞いた。その場にいた菅井たちに目をやると、知らないらしくちいさく首を横に振った。

「権蔵の塒《ねぐら》は」

さらに、源九郎が訊いた。

「聞いてねえ」

千次が、権蔵とも成田屋に入る前に、重吉といっしょに顔を合わせただけだと話した。重吉は権蔵の右腕らしいという。

「他にふたり、仲間がいるな」

そう言って、源九郎が仲間の名を訊くと、伊勢吉《いせきち》と安次とのことだった。

「やはり、安次という名の男がいたか」

源九郎が顔を厳しくして言った。

「へい」

千次によると、伊勢吉と安次は権蔵の子分だという。

「伊勢吉と安次の隠れ家は、どこだ」

源九郎は、念のために訊いてみた。

「知らねえ。あっしは、聞いてねえんで」

千次が、声を大きくして言った。

「そうか」

源九郎はそこまで話を聞くと、千次の前から膝をずらせて身を引いた。すると、孫六が身を乗り出すようにして、

「成田屋には、どうやって入《へえ》ったんだい」

と、千次に訊いた。

すでに、孫六はあるじの久兵衛から、賊のひとりが昼間のうちに店内に入って身を隠し、夜になるのを待って、くぐりの猿《さる》を外したのではないかと聞いていた

が、念のために確かめたのだ。

「安次が昼間に店に入《へえ》って、夜まで隠れていたと聞きやした」

「やっぱりそうかい」

孫六は納得したような顔をして千次の前から身を引いた。

すると、今まで黙って聞いていた菅井が、「おれも、訊きたいことがある」と言って、千次に膝を寄せ、

「番頭を斬ったのは、だれだ」

と、語気を強くして訊いた。

「古峰の旦那で」

「古峰残九郎は、居合を遣うのか」

「そう聞いてやす」

「やはり居合か……」

菅井が虚空を睨《にら》むように見すえてつぶやいた。

二

千次を捕らえた二日後、源九郎は遅い朝めしを食った後、茶を飲んでいた。今

朝、めずらしく湯を沸かしたのである。

捕らえた千次は、菅井の家にいた。菅井が、千次はおれが引き取ろう、と言って、家に連れていったのだ。菅井には、まだ千次から訊きたいことがあったのかもしれない。

源九郎が湯飲みの茶を飲み干したとき、戸口に足早に近付いてくる下駄《げた》の音がした。そして、腰高障子のむこうで、

「華町の旦那ア！」

と、お熊の昂《たかぶ》った声がした。

「いるぞ」

源九郎が声をかけると、腰高障子があいてお熊が土間に入ってきた。ひどく慌てているようだ。

「お熊、どうした」

源九郎が訊いた。

「あ、あたし、路地木戸のところで、知らない男にいろいろ訊かれたんだよ」

お熊が、声を震わせて言った。

「どんな男だ」

源九郎の胸に成田屋に押し入った盗賊たちのことがよぎった。

「ふたりだった」

お熊によると、ひとりは遊び人ふうの男で、もうひとりは牢人のようだったという。

「そのふたり、まだいるのか」

「いまは、いないよ」

ふたりの男は、お熊から話を聞くと、路地木戸から離れ、足早に竪川の方へむかったという。

「それで、どんなことを訊かれたのだ」

源九郎も気になった。

「この長屋に閉じ込められている男はいないか、訊かれたんだよ」

「お熊は、どう答えたのだ」

源九郎は、すぐに捕らえた千次の仲間だと察知した。

「あたし、知らないって言ってやったよ」

お熊が、大きな胸を突き出すようにして言った。

「そう言ってもらうと、ありがたい」

「他に、菅井の旦那のことも訊いたよ。この長屋に、居合を遣う男がいるな、と念を押すように訊いたので、あたし、居合なんて知らないと言ってやったんだ」

「それなら、菅井のことは分からなかったな」

「でもね、華町の旦那たちが長屋に連れてきた男のことは、気付いているかもしれないよ」

お熊が言った。

「どうして、そう思ったのだ」

「別のときに、おくらさんにも訊いたらしいんだよ」

「おくらが、話したのか」

「おくらさん、男に脅されて、知らない男が長屋にいるのを見たとだけ話したそうだよ」

「うむ……」

盗賊たちは、千次が長屋の者に捕らえられたことを気付いたかもしれない、と源九郎は思った。

「男たちが、長屋に踏み込んでくるようなことはないのかい」

お熊が、心配そうな顔をして訊いた。

「あるかもしれん」

盗賊一味は、千次を取り返しにくるかもしれない、と源九郎は思った。千次を助けるというより、千次の口から押し込みのことが町方に洩《も》れるのを防ぐためである。

「旦那、どうしたらいいんだい」

お熊が、心配そうな顔をして訊いた。

「お熊、心配することはない。男たちが押し込んできても、狙いは菅井の家にいる千次だけだ。長屋の者に手を出すようなことはないはずだ」

源九郎はそう言った後、

「ただ、男たちが押し込んできたとき、手を出したり、騒ぎ立てたりすると、巻き添えを食うかもしれない。……お熊、知らない男たちが入ってきたら、騒がずに家にいるように長屋の者に話しておいてくれ。いいか、押し入ってきた男たちは、長屋の者に手を出さないから、家に入って隠れているように言うのだぞ」

と、念を押すように言った。

「分かった。これから、長屋のみんなに話してくる」

お熊は、すぐに戸口から出ていった。

源九郎はお熊の下駄の音が遠ざかると、腰高障子をあけて外へ出た。菅井の家にいって、事情を話しておこうと思ったのである。

菅井は源九郎から話を聞くと、

「千次を助けにくるのだな」

と、念を押すように言った。

「助けるというより、千次が町方に引き渡される前に連れていくつもりだろうな」

「せっかく、捕らえたのだ。盗賊たちに渡す気はない」

菅井が語気を強くして言った。

「安田にも話して、手を貸してもらうか」

そう言い残して、源九郎は戸口から出ていった。

安田は家にいた。やることがないらしく、座敷のなかほどで寝転んでいたが、源九郎が入っていくと、身を起こし、

「華町どの、何かあったのか」

と、訊いた。だらしなく両襟がひらいて、胸が露《あらわ》になっている。

「何かあるのは、これからだ」

源九郎は、盗賊の仲間が千次のことを長屋の女房連中に訊いていたことを話し、

「菅井のところに、踏み込んでくるかもしれんのだ。安田、手を貸してくれんか」

と、頼んだ。

「いいだろう」

安田はすぐに立ち上がり、

「そういうことなら、しばらく菅井どののところにいようか。ここで、寝転がっているより、話し相手がいていいだろう」

そう言って、土間へ下りた。

三

翌日、源九郎は朝めしを食い終えると、菅井の家に行った。家には菅井と捕らえた千次、それに安田の姿もあった。

捕らえられた千次は、座敷の隅に座り込んでいた。両手を後ろ手に縛られている。源九郎は、千次をいつまでも長屋に捕らえておくつもりはなかった。今日、

明日にも、栄造を通して同心の村上に会い、千次を引き取ってもらうつもりだった。村上は此度《こたび》の件にかかわっていないようだが、千次から話を聞いて、盗賊の捕縛のために腰を上げるかもしれない。

菅井は、安田を相手に将棋をしていた。おそらく朝めしの後、菅井が安田を将棋に誘ったのだろう。

「おお、華町か、すぐに安田との勝負はつくからな。次は、華町が相手だぞ」

菅井が、嬉しそうな顔をして言った。勝負の形勢は、菅井にかたむいているらしい。

「まァ、気長にやってくれ」

そう言って、源九郎は座敷に上がった。

源九郎が脇から将棋盤に目をやっていると、戸口に走り寄る足音がした。足音は障子のむこうでとまり、すぐに腰高障子があいた。

戸口から飛び込んできたのは、茂次だった。

「た、大変だ！」

茂次が声を上げた。

「どうした、茂次」

源九郎は、傍らに置いてあった刀をつかんで立ち上がった。

「長屋に、何人も踏み込んできた！」

茂次が、振り返って言った。

走り寄る足音がした。こちらにむかってくる。大勢いるようだ。

「茂次、何人だ」

菅井が立ち上がって訊いた。

「路地木戸から、七、八人入《へえ》ってきやした」

「七、八人だと！」

盗賊たちは、千次を捕らえたので六人のはずだった。

「それに、二本差しが、三、四人いやした」

「なに、三、四人！」

源九郎は、盗賊たちにあらたに武士がくわわったとみた。おそらく、一味の者が助っ人を頼んだのだろう。

「茂次、孫六や平太のところへ走って仲間を集めろ」

「合点だ！」

茂次が、戸口から飛び出そうとすると、

「いいか、武士に近付くな。遠くから石でも投げろ」

源九郎が声高に言った。

「あっしは行きやす」

そう言い残し、茂次は戸口から飛び出した。

茂次の足音が遠のくにつれ、別の大勢の足音が近付いてきた。長屋のあちこちから、女の悲鳴や慌ただしく腰高障子をしめる音などが聞こえてきた。

足音が腰高障子に迫り、

「あそこだ！」

と、叫ぶ声がした。

盗賊たちが、源九郎たちのいる菅井の家に近付いてきたようだ。

「おい、外に出るぞ」

源九郎が、菅井と安田に声をかけた。

狭い座敷のなかに三人がとどまり、そこへ何人も踏み込んで来て闘いになったら、構えも刀法もなくなってしまう。何人もで入り乱れての斬り合いになり、敵も討たれるが、源九郎たちも生きてはいられないだろう。

源九郎、菅井、安田の三人は、戸口から飛び出した。千次は、座敷に残したままでである。

「いたぞ！」

「三人だ！」

走り寄る男たちが、源九郎たちを見て声を上げた。

総勢八人だった。武士体の男が、四人いた。いずれも牢人ふうである。盗賊六人に、牢人がふたりくわわったようだ。おそらく、浅草界隈《かいわい》の無頼牢人ふたりに金をつかませて、助太刀を頼んだのであろう。武士は覆面、町人は手ぬぐいで頰《ほお》っかむりして顔を隠していた。

「菅井、安田、間をとれ！」

源九郎が声をあげた。

味方の三人が、狭い戸口の前で身を寄せ合っていては、敵と闘うどころか同士討ちになる。

菅井が腰高障子の前に立ち、源九郎は左手にむかい、安田は右手に走って別の家の前に立った。家の前といっても、戸口からは間をとっている。闘いのなかで、敵が家のなかに踏み込むようなことのないようにしたらしい。

「こやつは、おれが斬る！」

そう言って、源九郎の前に立った男は、小袖に袴《はかま》姿で大刀を一本落とし差しにしていた。顔は頭巾《ずきん》で見えなかったが、牢人のようだ。

「うぬの名は」

源九郎が訊いた。

「名無し」

牢人は嘯《うそぶ》くように言って、切っ先を源九郎にむけた。

源九郎も刀を抜き、青眼に構えた。

このとき、手ぬぐいで頬っかむりした男が、匕首《あいくち》を手にして源九郎の左手にまわり込んできた。ふたりで、源九郎を斃《たお》すつもりらしい。

一方、安田には武士がふたり、切っ先をむけていた。正面に立ったのは、長身の武士だった。右手に、中背の武士がまわり込んでいる。ふたりとも、青眼に構えているが、右手に立った武士は、間合をひろくとっていた。長身の武士の闘いの様子を見て斬り込むつもりらしい。

安田が長身の武士に切っ先をむけ、

「かかってこい」

と、挑発するように言った。

「いくぞ！」

長身の武士が、安田との間合をジリジリと狭めてきた。そして、一足一刀の斬撃の間境から半間ほど残したところで、足をとめた。

長身の武士は、切っ先を安田にむけたまま動かなくなった。安田が仕掛けるのを待っているのであろうか。

四

このとき、菅井は中背の武士と対峙《たいじ》していた。頭巾の間から、長髪が覗《のぞ》いている。この武士は、古峰残九郎だった。

古峰は、右手を腰に帯びた刀の柄《つか》に添え、左手で鍔元《つばもと》を握って鯉口《こいぐち》を切った。そして、腰を沈めた。抜刀体勢をとったのである。

「居合か！」

菅井が声を上げた。

「いかにも」

古峰は腰を沈めたまま菅井との間合を読んでいる。

菅井も、すばやく左手で鍔元を握って鯉口を切った。右手を柄に添えている。

居合の抜刀体勢である。

居合対居合――。

ふたりは、まだ居合の抜刀の間合の外にいた。

ふたりは趾《あしゆび》を這《は》うように動かし、ジリジリと間合を詰め始めた。間合が狭まるにつれ、ふたりの全身に抜刀の気が高まってきた。

ふいに、ふたりの動きがとまった。居合の抜き付けの一刀をはなつ間合まで、後一歩のところまできている。

菅井は全身に気勢を漲《みなぎ》らせ、抜刀の気配を見せて一歩踏み込んだ。

刹那《せつな》、菅井と古峰の全身に抜刀の気がはしった。

イヤアッ!

トオッ!

ほぼ同時に、ふたりから鋭い気合が発せられ、シャッという抜刀の音がし、二筋の閃光《せんこう》がはしった。

菅井が逆袈裟《ぎやくげさ》に――。

古峰が袈裟に――。

二筋の閃光が、ふたりの眼前で交差した。

ザクッ、と古峰の小袖が胸から肩にかけて裂けた。ほぼ同時に、菅井の小袖も肩から胸にかけて裂けた。

次の瞬間、ふたりは大きく後ろに跳び、素早い動きで納刀した。刀を鞘《さや》に納める速さも、居合の腕のうちである。

ふたりはふたたび、刀の柄を握って抜刀の構えをとった。

古峰のあらわになった肌に、血の色があった。菅井の切っ先が、とらえたらしい。だが、出血はわずかだった。かすり傷といってもいい。

菅井には、血の色がなかった。小袖を裂かれただけである。

「いい腕だ」

古峰が、菅井を見すえて言った。

「おぬしもな」

菅井も、古峰は居合の遣い手とみた。

菅井が居合で古峰に斬りつけたとき、戸口から離れたが、その場で古峰と対峙した。そのため戸口の前があいた。これを見た権蔵と伊勢吉が、腰高障子をあけて菅井の家に飛び込んだ。

家のなかは、薄暗かった。隅の方に人影が見えた。縛られている千次である。

「千次か」

伊勢吉が声をかけた。

千次は、ウウッと呻《うめ》くような声を洩らし、激しく身をよじった。猿轡《さるぐつわ》をかまされているのだ。

「声が出ねえのかい」

権蔵が薄笑いを浮かべて言った。ギョロリとした目が、薄闇のなかで青白くひかっている。

権蔵と伊勢吉は、千次に近付いて足をとめると、

「やれ！」

と、権蔵が小声で言った。

伊勢吉は、へい、と応え、懐から匕首を取り出すと、千次の前に立ち、

「おれを、恨むんじゃァねえぜ」

と言いざま、千次の胸を狙って突き刺した。

一瞬、千次は驚怖《きようふ》に目を剝《む》いて体を硬直させたが、匕首で胸を突き刺された衝撃で体が横に倒れた。

千次は横に倒れたまま身を捩《ねじ》るように動かした。その胸から血が迸《ほとばし》るように流れ出、見る間に畳にひろがった。

いっときすると、千次はぐったりし、口から洩れていた呻き声も聞こえなくなった。

「死んだな」

権蔵はそう呟《つぶや》いた後、

「伊勢吉、これで引き上げるぜ」

と声をかけ、戸口から外に出た。伊勢吉が、権蔵の後につづいた。

戸口近くでは、菅井と古峰が居合の抜刀体勢をとったまま対峙していた。

「旦那、始末がつきやしたぜ」

権蔵が古峰に声をかけた。

すると、古峰は後じさり、

「菅井、勝負はあずけた」

と声をかけ、反転して路地木戸の方へ走った。

権蔵と伊勢吉は、他の仲間にも声をかけてから古峰につづいて路地木戸にむかった。

源九郎や安田と闘っていた男たちも、権蔵や古峰がその場から逃げるのを目にすると、後につづいた。

源九郎たちは後を追わなかった。

「あやつら、千次を助けにきたのではないぞ」

源九郎が、近くにいる安田や菅井たちに聞こえる声で言い、すぐに菅井の家の戸口から土間に踏み込んだ。

安田と菅井、すこし遅れて茂次たちも戸口から入ってきた。

源九郎は、座敷の隅に横たわっている千次の姿を目にした。千次の周囲が赤い布を広げたように血に染まっている。

源九郎は急いで座敷に上がり、倒れている千次に近付いた。安田や菅井たちが後につづいた。

「殺されている!」

源九郎が、倒れている千次に目をやって言った。

「あいつら、千次を助けにきたのではない。口封じにきたのだ」

菅井が顔をしかめて言った。

「仲間を殺しにきたのか。ひどいやつらだ」

安田の顔にも、憤怒の色があった。

五

その夜遅く、源九郎の家に男たちが集まった。はぐれ長屋の用心棒と呼ばれている男たちである。

「話は、一杯やってからだ」

源九郎が、貧乏徳利を手にして言った。

盗賊の権蔵たちが長屋に踏み込んできて、仲間の千次を殺して長屋を去った後、それぞれの家から貧乏徳利に入った酒を持ち寄って源九郎の家に集まったのだ。

千次は殺されたが、仲間たちは無傷だったし、長屋の住人にも危害が及ばなかったので、源九郎は内心ほっとしていた。それに、このところ強行軍がつづいたので張り詰めていた気を休めるつもりもあって、仲間たちと一杯やりながら今後どうするか相談しようと思ったのだ。

「ヘッヘヘ……。こうやって、みんなで飲む酒が一番うめえ」

孫六は目尻《めじり》を下げて、うまそうに湯飲みの酒をかたむけた。

孫六につづいて、座敷にいた男たちも湯飲みを手にした。闘いの後の疲労が体に残っているせいか、酒の進みは早いようだ。

「まったく、ひでえやつらだ。仲間を助けるどころか、殺しにきたのだからな」

茂次が顔をしかめて言った。

「口封じだな」

安田が言った。

「町方に渡されて吐く前《めえ》に、殺しちまったのか」

「そうだ」

安田は手にした湯飲みをかたむけた。

このとき、菅井は渋い顔をして虚空を睨むように見すえていたが、

「おれは、千次を始末しにきただけではないような気がする」

と、つぶやくような声で言った。

「菅井、どういうことだ」

源九郎が訊いた。

すると、座敷にいた男たちの目が、いっせいに菅井にむけられた。

「やつらは、長屋にいるおれたちのことを探りにきたのではないか」

「なぜ、そう思ったのだ」

「いや、おれと立ち合った古峰だがな。どうも、おれの腕を試しにきたような気がするのだ。……あまりに、身を引くのが早かったからな。それにな、相手は八人もできて、おれたちとやり合ったわけだが、おれたちもむこうも、ひとりも斬られてないのだぞ」

「そう言えば、そうだ。おれと立ち合った男も、勝負をするつもりは、なかったような気がする」

安田が言った。

「わしの相手も、最初から逃げていたな」

源九郎が言い添えた。

次に口をひらく者がなく、座敷内が重苦しい沈黙につつまれたとき、

「やつらは、おれたちのことを探ってどうするつもりです」

めずらしく、三太郎が訊いた。三太郎は無口で、男たちの話を聞いていることが多いのだ。

「盗賊たちが、おれたちを斬らなかった理由はある」

そう言って、菅井はさらにつづけた。

「いま、町方はおれたちを盗賊とみて身辺を探ったり、安次を捕らえたりしているな。そこへ、何人もの男たちが長屋に踏み込んできて、千次を助け、おれたちを斬り殺したらどうなる。おれたちが、盗賊ではないことをはっきりさせてしまうではないか」

珍しく、菅井が熱っぽい口調で言った。

「菅井の言うとおりだ」

源九郎が言うと、座敷にいた男たちがうなずいた。それでも、男たちの顔には戸惑うような色があった。

孫六だけが、ひとり赤い顔をし、

「菅井の旦那が、めずらしくましなことを言うんで、酔っちまった……」

そう言って、手にした湯飲みの酒を喉を鳴らして飲んでから、

「このままにしちゃァおけねえ」

と、独り言のようにつぶやいた。

「千次はいなくなったし、おれたちが盗賊ではないと町方に気付かせることができなくなったわけだ」

安田が残念そうな顔をして言った。

「安次は帰してもらえねえし、菅井の旦那は、成田屋の番頭を殺した居合を遣う武士とみられるわけか」

　茂次が口をはさんだ。

「それに、わしらも盗賊とみられそうだな」

　源九郎は、渋い顔をして手にした湯飲みの酒をゆっくりとかたむけた。

　次に口をひらく者がなく、座敷が重苦しい静寂につつまれたとき、

「あっしらに打つ手は、ねえんですかい」

　と、茂次が男たちに目をやって訊いた。

「ある」

　そう言って、源九郎がさらにつづけた。

「千次のときと同じように盗賊のひとりを捕らえて、町方に引き渡せばいいのだ。今度は、千次のように長屋で引き取らずに、栄造にまかせればいい」

「千次のように、うまくつかまえられやすか」

　茂次が訊いた。

「千次が、一味の者たちの名を教えてくれた。その名を出して、浅草寺界隈で聞き込みにあたれば、かならず尻尾《しっぽ》をつかめる」

源九郎は、それほどむずかしくないと思った。

「華町の旦那の言うとおりだぜ」

孫六が、赤い顔をして言った。

「よし、明日から、浅草をまわって一味のやつらの塒をつきとめよう」

安田が言った。

「それがいい。明日からだ」

孫六が声を上げた。だいぶ酔ったらしく、体が揺れている。

「ともかく、今夜は飲もう」

源九郎が、貧乏徳利を手にして菅井にむけた。

「明日からは、おれもいく」

そう言って、菅井が湯飲みを差し出した。

六

翌朝、源九郎、孫六、菅井、平太の四人が、浅草にむかった。千次が浅草寺界隈で遊び歩いていたことから、盗人仲間だった重吉をはじめ、一味の頭目の権蔵や仲間の伊勢吉、安次などのなかに、浅草のどこかに塒がある者がいるとみたからである。

安田、茂次、三太郎も行きたがったが、長屋に残ってもらうことにした。まだ、盗賊たちが何か仕掛けてくる恐れがあった。それで、念のため安田たち三人に長屋に残ってもらったのだ。

この日も、源九郎は諏訪町にあるそば屋の勝栄に立ち寄り、栄造とともに駒形町方面にむかった。

源九郎は栄造と肩を並べて賑やかな日光街道を北にむかいながら、

「昨夜、長屋に盗賊たちが踏み込んできたのだ」

と、切り出した。

「それでどうしました」

栄造が驚いたような顔をして訊いた。

「一味の手で、千次が殺されたよ」

源九郎は、昨日の一部始終をかいつまんで話した。

「仲間を助けるのではなく、殺しに来たのか」

栄造が顔をしかめた。

「これで、千次を町方に渡して、わしらの濡《ぬ》れ衣《ぎぬ》を晴らすことができなくなったわけだ。千次を長屋にとどめておかず、その日のうちに町方に引き渡せばよかったな」

源九郎が歩きながら言った。

「でも、千次から話を聞いたので、押し込み一味の様子がだいぶ知れやしたぜ」

栄造は、源九郎たちが千次から話を聞いた翌日、はぐれ長屋に来て盗賊のことを源九郎たちから聞いていたのだ。

「そうだな。こうやって、盗賊たちを探しに出かけられるのも、千次から話を聞いたお蔭だからな」

そんな話をしながら、源九郎たちは駒形堂の近くまで来た。堂の前は、大変な賑わいをみせていた。大勢のひとが、行き交っていた。参詣客や遊山客《ゆさん》、それに日光街道を行き来する旅人などである。

源九郎たちは人通りのすくない堂から離れた場所に集まり、今後の手筈《てはず》を相談した。

「地元の遊び人や博奕《ばくち》打ちなどから訊くと、何か知れるんじゃァねえかな」

孫六が言うと、

「それに、岡場所の若い衆などに訊くといいかもしれやせん」

と、栄造が言い添えた。

源九郎たちは、千次を捕らえたときと同じように手分けして探ることになった。この前と同じように、源九郎は孫六と組むことにした。

源九郎と孫六、菅井と平太が組み、栄造はひとりで探ることになった。

源九郎は孫六とふたりになると、賑やかな門前通りを浅草寺の方にむかって歩きながら、

「また、女郎屋にあたってみるか」

と、孫六に言った。

「一味のだれに当たりやす」

孫六が訊いた。

「だれと言われてもな。……伊勢吉と安次の居所を突き止めるのが先かな」

源九郎は、頭目の権蔵の名を聞いたことがある者はいても、隠れ家を知っている者はすくないのではないかとみた。

「女郎屋よりも、土地のことにくわしい男に訊いた方が早《はえ》えかもしれねえ」

孫六が言った。

「当てはあるのか」

「当てはねえが、昔からやっている飲み屋の親爺なら、噂ぐれえ耳にしてますア」

そう言って、孫六は目を細めた。

……酒を飲む魂胆だな。

と、源九郎は気付いたが、当てもなく歩きまわるより、いいかもしれないと思い、孫六にまかせることにした。

源九郎と孫六は、賑やかな門前通りを浅草寺の方へむかって歩いた。そして、並木町に入っていっとき歩いたとき、孫六が、

「華町の旦那、その路地に入ってみやしょう」

と言って、料理屋の脇にある路地を指差した。

そこは狭い路地だが、浅草寺に近いこともあって行き交うひとの姿が目についた。

源九郎と孫六は、路地に入った。路地沿いには、小体《こてい》なそば屋、小料理屋、一膳めし屋などが軒を連ねていた。浅草寺の門前通りから流れてきた客が相手の店らしい。

路地に入って一町ほど歩いたとき、孫六が路傍に足をとめ、

「その店に入《へえ》ってみやすか」

と言って、斜《はす》向かいにある飲み屋を指差した。

店の軒先に、縄暖簾《なわのれん》が下がっていた。客がいるらしく、店のなかから男の濁声《だみごえ》が聞こえてきた。

源九郎と孫六は、縄暖簾をくぐった。土間に置かれた飯台を前にして、男ふたり酒を飲んでいた。ふたりとも、職人ふうの身装《みなり》だった。地元の男かもしれない。

源九郎と孫六は、別の飯台を前にして腰を下ろした。すると、右手の板戸があき、店の親爺らしい赤ら顔の男が顔を出した。

「いらっしゃい」

と、親爺らしい男が声をかけ、源九郎たちのそばに来た。右手に板場があるらしい。

「酒と肴《さかな》を頼まァ」

孫六が言った。

「肴は何にしやす」

親爺は、漬物、冷《ひ》や奴《やっこ》、鰯《いわし》の煮付け、炙《あぶ》ったするめ、なら出せると言い添えた。

「漬物と冷や奴で、いいや」

「へい、すぐに持ってきやす」

親爺は、そう言い残し、板場にもどった。

先に来ていたふたりの客は急に話をやめて、黙ったまま酒をかたむけていた。

源九郎たちの耳に入れたくない話をしていたのかしれない。

七

店の親爺が、銚子と猪口《ちょく》、それに漬物と小鉢に入った冷や奴を盆に載せて運んできた。

そして、親爺が酒肴《しゅこう》を源九郎たちの前に並べ終えたとき、

「とっつァん、勘定してくんな」

と、隣の飯台にいた男のひとりが声をかけた。

「へい」

と応え、親爺は隣の飯台のそばに行った。

親爺は、ふたりから代金を受け取り、店の戸口まで行って送り出すと、そのまま板場にもどろうとした。

「とっつァん、ちょいと」

　孫六が親爺に声をかけた。

　親爺が源九郎たちのそばに来ると、

「済まねえ、訊きてえことがあってな」

　と、孫六が小声で言った。

「何を訊きてえんだい」

「あっしとこの旦那は、伊勢吉ってえ男を探してるんだ」

　孫六につづいて、源九郎が、

「大きい声では言えないが、わしの知り合いの娘がな、伊勢吉という男に騙《だま》されて孕《はら》んだらしいのだ。ところが、伊勢吉は娘が孕んだと知ると、娘のそばに寄り付かなくなってしまった」

　と、顔をしかめて話した。源九郎は伊勢吉の居所を聞き出すために、作り話を口にしたのだ。

「そうですかい」

　親爺は、口許に薄笑いを浮かべた。

「わしは、伊勢吉に意見してやろうと思ってな、娘に伊勢吉の居所を訊いたのだ。すると、娘がこの近くだと話したので、来てみたのだ」

源九郎が言うと、

「とっつァん、伊勢吉ってえ男を知らねえか」

すぐに、孫六が脇から口をはさんだ。

「伊勢吉ですかい。名は聞いたことがありやすが……」

そう言って、親爺は記憶をたどるような顔をして立っていたが、

「この先の小鶴《こづる》に、出入りしていた男かもしれねえ」

と、小声で言った。

「何だい、小鶴ってえのは」

すぐに、孫六が訊いた。

「小料理屋でさァ」

親爺によると、路地を一町ほど歩くと、小鶴という小料理屋があるという。

「まさか、伊勢吉は小鶴の女将《おかみ》とできているのではあるまいな」

源九郎が顔をしかめて訊いた。

「伊勢吉が女将とできているかどうか、あっしは知りやせん」

親爺は薄笑いを浮かべて言うと、踵《きびす》を返した。そして、板場にもどってしまっ

た。たいした話ではないと思ったようだ。

源九郎と孫六は、それから小半刻（三十分）ほど飲んで飲み屋を出ると、路地の先にむかって歩いた。

「旦那、あの店ですぜ」

孫六が斜向かいにある店を指差して言った。

小料理屋らしい小体な店だった。入口が、洒落《しやれ》た格子戸になっている。

「近付いてみるか」

源九郎と孫六は、通行人を装って小料理屋らしい店に近付いた。

入口の脇の掛け看板に、「御料理　小鶴」と書いてあった。飲み屋の親爺が話していた小鶴に間違いないようだ。

源九郎と孫六は小鶴の前を通り過ぎ、半町ほど歩いてから路傍に足をとめた。

「客がいるようだな」

源九郎が言った。店からかすかに男の談笑の声が聞こえたのだ。

「あっしも、客の声を聞きやしたぜ」

「伊勢吉もいたのかな」

「分からねえ」

「どうだ、店から出てくる客を待って、なかの様子を訊いてみるか」

源九郎は、小鶴に伊勢吉がいるかどうか知りたかった。

「そうしやしょう」

源九郎と孫六は、路傍に立って小鶴から出てくる客を待ったが、なかなか出てこなかった。

「今日は諦《あきら》めやすか」

孫六が言った。

「そうだな」

源九郎は、そろそろ駒形堂近くにもどらねばならないころだと思った。

ふたりが、来た道をもどり始めたときだった。

「旦那、店から出て来やしたぜ」

孫六が、前方を指差して言った。

小鶴から、ふたりの男が路地に出てきた。ふたりは、小店の旦那ふうだった。近所の店の旦那が、小鶴で商いの話でもしながら一杯やったのかもしれない。

「あっしが、訊いてみやすよ」

そう言って、孫六が小走りにふたりの男に近付いた。

源九郎は路傍に足をとめ、孫六とふたりの男に目をやっていた。孫六たちは話しながら、源九郎に近付いてきた。

源九郎は、孫六とはかかわりがないような顔をして路傍に立っていた。

孫六が「お蔭で、様子が知れやした」とふたりに声をかけ、路傍に足をとめた。ふたりの男は、何やら話しながら源九郎に近付いてきた。

源九郎は歩きだした。そして、通行人を装って、ふたりの男と擦れ違った。ふたりは、源九郎に何の関心も示さなかった。たまたま通りかかった通行人と思ったようだ。

源九郎は孫六に追いつくと、肩を並べて歩きながら、

「どうだ、伊勢吉のことが知れたか」

と、小声で訊いた。

「へい、伊勢吉は小鶴に出入りしているようですがね。今日は、いねえそうで」

孫六が言った。

「伊勢吉は、小鶴の者と何かかかわりがあるのか」

源九郎は、女将がどんな女か分からなかったので、そう訊いたのだ。女将が年寄りということもある。

「女将は、色っぽい年増《としま》だそうですがね。話を聞いたふたりは、伊勢吉と女将ができてるようには見えねえ、と言ってやしたぜ」

「ともかく、伊勢吉は、小鶴を馴染《なじ》みにしているのだな」

「まちげえねえ」

「小鶴を見張れば、伊勢吉を捕らえることができそうだ」

源九郎は、明日も浅草に来て小鶴を見張ろうと思った。

八

源九郎と孫六が駒形堂にもどると、すこし離れたところに栄造たちが待っていた。

「どうだ、歩きながら話すか」

源九郎が言った。その辺りは人通りがすくなかったが、それでも何人もで立っていると人目を引く。

「そうしやしょう」

栄造が言って、大川沿いの道を川下にむかって歩きだした。

源九郎は栄造につづいて歩きながら、

「どうだ、何か知れたか」

　と、男たちに目をやって訊いた。

「安次が、門前通りを歩いているのを見たやつがいやした」

　平太が勢い込んで言った。

「話してくれ」

「へい、遊び人らしい男が安次を知ってやしてね。門前通りを二本差しと歩いているのを見かけたそうでさァ」

「その二本差しは、古峰ではないのか」

　源九郎が訊いた。

「あっしも、そうみやしたが、話を訊いた男は、古峰のことを知らなかったんです」

「それで、ふたりの行き先は分かったのか」

「分からねえ。あっしが話を訊いた男は、安次が二本差しと歩いているのを見かけただけなんで」

　そう言って、平太は助けを求めるように菅井に目をやった。

「その男は、牢人のように見えたと言っただけで、古峰かどうかも分からん。よく、見ていなかったのだな」

と、菅井が言い添えた。

平太と菅井の話が終わると、

「あっしから、話しやす」

そう言って、孫六が小鶴から出てきた客から聞いたことを話した。

すると、栄造が身を乗り出すようにして、

「その小料理屋を見張れば、伊勢吉が姿を見せやすね」

と、孫六と源九郎に目をやって言った。

「わしらも、そうみた」

源九郎が、ちいさくうなずいた。

「あっしも、重吉のことでつかんだことがありやす」

栄造がそう言って、話し出した。

栄造は門前通りに目を配り、通りかかった土地の遊び人やならず者などに声をかけて話を聞いたという。何人かに聞いたなかで、遊び人ふうの男が、重吉のことを知っていたそうだ。

「重吉の情婦《いろ》が、春日屋《かすがや》ってえ料理茶屋で座敷女中をしてるそうでさァ。名はおきよだそうで」

そう言った後、栄造が、「おきよに目を配れば、重吉の塒がつかめるはずでさァ」と言い添えた。

そんなやり取りをしながら、大川端沿いの道を川下にむかって歩くうちに、源九郎たちは諏訪町に入った。

「うちの店に、寄っていきませんか」

栄造が源九郎たちに声をかけた。

「そう言えば、腹が減ったな」

源九郎は西の空に目をやった。

陽は家並のむこうに沈んでいた。まだ、上空は明るかったが、いっときすれば暮れ六ツ（午後六時）の鐘が鳴るだろう。

源九郎たちは勝栄に立ち寄り、一杯飲んで喉を潤した後、そばを食べて店を出た。店の外は深い夜陰につつまれていた。

その日、源九郎、孫六、菅井、平太の四人は、夜が更けてからはぐれ長屋にたどりついた。

源九郎たち四人が、路地木戸から入って間もなく、走り寄る足音が聞こえた。月明かりのなかに浮かび上がったのは、三太郎だった。何かあったらしく、三太郎はひどく慌てていた。

「どうした、三太郎」

すぐに、源九郎が訊いた。

「し、茂次さんが、怪我をしたんでさァ」

三太郎が、声をつまらせて言った。

「なに、怪我をしたと！」

「へい、路地木戸の近くで、押し込み一味に襲われたらしいんで」

「茂次は、家にいるのか」

源九郎が訊いた。茂次は、お梅という女房とふたりで長屋に住んでいた。まだ、子供はいない。

「安田の旦那のところにいやす」

「行ってみよう」

源九郎たちは、それぞれの家には立ち寄らず真っ直ぐ安田の家にむかった。

安田の家には、安田と茂次の姿があった。見ると、茂次は諸肌《もろはだ》脱ぎになって、肩から腋にかけて晒《さらし》を巻いていた。

源九郎たちが座敷に上がると、

「面目ねえ、この様だ」

茂次が照れたような顔をして言った。

「傷は深いのか」

源九郎が訊いた。

「かすり傷でさァ」

そう茂次は言ったが、つづいて安田が、

「肩から胸にかけて斬られたようだ。命にかかわるような傷ではないが、しばらく静かにしてた方がいいな」

と、眉《まゆ》を寄せて言った。

「そうか」

源九郎は、命にかかわるような傷ではない、と聞いて胸をなで下ろした。

「茂次、そのときの様子を、もう一度話してくれ」

安田が茂次に目をやって言った。

「あっしが、路地木戸から出て歩きだしたときでさァ」

そう前置きして、茂次が話しだした。

茂次は後ろから走り寄る足音を聞いて、振り返ったという。見ると、ふたりの男が走ってくる。ひとりは武士体だったが、網代笠《あじろがさ》を被《かぶ》っていたので、何者か分からなかったそうだ。

もうひとりは、町人だった。手拭いで頰《ほ》っかむりしていて顔ははっきりしなかったが、茂次は長屋に押し込んできた男のような気がしたという。

「二本差しが、いきなり刀を抜きやしてね、あっしに切っ先を突き付け、菅井の旦那や華町の旦那のことを訊いたんでさァ」

茂次が昂った声で言った。

「どんなことを訊いた」

源九郎が口をはさんだ。

「華町の旦那や菅井の旦那は、いつも長屋にいるのか訊きやした」

「それで、どう答えたのだ」

「他人のことは、分からねえ、と言ってやりやした。すると、それでは、おまえだけでも始末するか、と言って、いきなり斬り付けてきたんでさァ」

咄嗟《とっさ》に、茂次は逃げようとしたが、肩から胸にかけて斬られたという。それでも、茂次は後ろに跳び、反転して長屋の路地木戸に逃げ込んだ。

ふたりは、路地木戸のところまで追ってきたが、なかまでは入らず、表通りを竪川の方へむかった。

「安田の旦那の家の前で顔を合わせやしてね、手当てをしてもらったんでさァ」

茂次が言い添えた。

「手当てといっても、傷口を水で洗って晒を巻いただけだ」

安田は口許に苦笑いを浮かべた。

「よく、晒があったな」

「お熊たちに頼んで、集めてもらったのだ」

「いずれにしても、たいした傷でなくてよかった」

源九郎がほっとした顔をした。

次に口をひらく者がなく、座敷が静寂につつまれたとき、

「やつら、まだ、おれたちの命を狙っているようだ」

と、菅井が顔をしかめて言った。

「迂闊《うかつ》に、動きまわれんな」

源九郎も、いつ権蔵一味に襲われるか分からないと思った。

第四章　攻防

一

茂次が怪我を負った翌日、浅草にむかうために長屋を出たのは、源九郎、孫六、三太郎、平太の四人だった。念のため、菅井と安田、それに茂次を長屋に残したのである。源九郎は権蔵たちが長屋に踏み込んできても、菅井と安田が残れば、何とかなるとみたのだ。それに、権蔵たちの襲撃を恐れて、源九郎たちも長屋に残れば、盗賊たちに手が出せず、それこそ権蔵たちの狙いどおりになってしまう。

源九郎たち四人が、長屋の路地木戸を出て、一町ほど歩いたときだった。

「旦那、前から二本差しがきやすぜ」

孫六が、前方を指差して言った。

見ると、ふたりの男が足早にこちらに歩いてくる。ひとりは、牢人体だった。網代笠《あじろがさ》をかぶっている。

……古峰だ！

源九郎は、牢人の体軀《たいく》と歩く姿からすぐに分かった。別のひとりは町人だった。手ぬぐいで頰《ほ》っかむりしている。遠方のせいもあって何者か分からなかったが、盗賊仲間とみていいだろう。

「だ、旦那、後ろからも！」

三太郎が、叫んだ。

源九郎たちの後方にも、三人の男の姿があった。ひとりは牢人体だった。小袖に袴《はかま》姿で、大刀を一本落とし差しにしていた。他のふたりは遊び人ふうで、手ぬぐいを頰っかむりしている。

三人は長屋の路地木戸近くにいたが、こちらにむかって足早に歩きだした。

「挟み撃ちか！」

「だ、旦那、どうしやす」

孫六が訊《き》いた。

源九郎は、五人が相手では太刀打ちできないと思った。何とかして長屋にいる菅井たちに知らせ、駆け付けてもらわなければならない。

「長屋にもどるぞ！」

源九郎はそう言うと、反転して路地木戸の方へ走った。足の早い平太は、すぐに源九郎の前に出た。

すこし走ると、源九郎の心ノ臓が激しく鳴りだした。足がもつれ、ゼイゼイと喉が喘《あえ》ぎ声を上げげた。源九郎は老齢のせいもあって、走るのが苦手である。

孫六も、似たようなものだった。源九郎といっしょに喘ぎながら走っている。

ただ、平太だけはちがっていた。すっとび平太と呼ばれるだけあって、足は人一倍速かった。

「逃がすな！」

源九郎たちの背後で声が聞こえ、足音が迫ってきた。

すると、路地木戸の近くにいた三人の男が、源九郎たちにむかって走りだした。前後から挟み撃ちにするつもりらしい。

このとき、平太が急に道沿いにあった店の前に身を寄せた。そして、店の軒先をたどるように走った。

路地木戸の方から来た三人の男は、平太を目にしたが追わなかった。追えば、店のなかに飛び込まれるとみたのだろう。それに、ひとり逃がしても、源九郎たち三人を討てばよかったのかもしれない。

源九郎、孫六、三太郎の三人は、路傍に身を寄せた。背後には、丈の高い雑草が茂っていた。源九郎たちは、前後から挟み撃ちになるのを避けようとしたのだ。

源九郎と孫六は、ハアハアと荒い息を吐いた。三太郎は恐怖でひき攣《つ》ったような顔をし、体を震わせている。

そこへ、左右から、五人の男が走り寄り、源九郎たちを取り囲むように立った。

この間、平太が路地木戸から長屋へ飛び込んだ。菅井たちに知らせるためである。

源九郎は刀の柄《つか》に右手を添えたが、抜かずにいた。すこしでも間をとって、乱れた息が静まるのを待つつもりだった。

源九郎の前に立ったのは、古峰だった。網代笠をかぶっていたが、その体軀から分かったのだ。

「ご老体、苦しそうだな」

古峰が、薄笑いを浮かべて言った。笠はかぶっていたが、口の辺りは見えた。

「お、おぬしは、だれだ……」

源九郎が、苦しげに顔を歪《ゆが》めて言った。古峰と分かっていたが、わざとそう訊いたのだ。すこしでも、立ち合いを伸ばそうと思ったのである。

「だれでもいい。……ご老体、それで、刀が抜けるのか」

古峰が揶揄《やゆ》するように言った。

「か、顔を見せろ」

源九郎が声をつまらせて言った。

「冥土《めいど》の土産に、見せてやるか」

古峰は、網代笠をとって路傍に捨てた。やはり、古峰である。

「古峰か」

源九郎の心ノ臓の高鳴りが、いくぶん収まってきた。

「いかにも」

古峰は刀の柄に右手を添え、左手で鍔元《つばもと》を握って鯉口《こいぐち》を切った。居合の抜刀体勢をとったのだ。

「やるしかないようだ」

源九郎は刀を抜いた。

このとき、孫六の前に立った牢人が、刀を抜いて切っ先を孫六にむけた。口許に薄笑いが浮いている。年寄りの町人とみて、侮ったのだろう。

孫六は懐から十手を取り出し、

「こ、この十手が、目に入《へえ》らねえか」

と言って、十手の先を牢人にむけたが、その手が震え、十手が小刻みに上下していた。

「おい、十手が笑ってるぞ」

牢人が薄笑いを浮かべたまま言った。

「ちくしょう！」

孫六は後じさったが、すぐに踵《かかと》が背後の叢《くさむら》に迫った。その辺りは、丈の高い雑草が茂っていて、それ以上下がれない。

一方、三太郎は孫六と源九郎の間にいた。素手である。前に立ったのは、遊び人ふうの男だった。匕首《あいくち》を手にしている。

すでに、三太郎は背後の雑草のなかに片足をつっ込んでいた。匕首を手にした男が迫ってきたら、雑草のなかに逃げ込もうと思ったのだ。

二

源九郎の心ノ臓の高鳴りは、しだいに収まってきた。源九郎は青眼に構えて、剣尖《けんせん》を古峰の目線につけている。

古峰は右手で刀の柄を握り、居合腰にとったまま抜き付けの一刀を放つ機をうかがっていた。

「おぬし、できるな」

古峰が低い声で言った。源九郎の隙のない構えを見て、遣い手と察知したようだ。

「おぬしもな」

源九郎も、古峰が居合の遣い手と分かった。抜刀の身構えに、隙がないだけではなかった。抜刀体勢に、剣の遣い手らしい威圧感があったのだ。

だが、源九郎は臆さなかった。源九郎は菅井と真剣で戦ったことはないが、居合の抜刀の構えは何度も目にし、抜刀の迅《はや》さも間合の取り方も知っていたのだ。

ふたりはいっとき対峙《たいじ》していたが、先《せん》をとったのは古峰だった。

「いくぞ！」

と、古峰が声をかけて、ジリジリと間合を狭め始めた。

対する源九郎は、動かなかった。気を静めて、古峰が居合の抜刀の間合に入るのを読んでいる。

突如、古峰の寄り身がとまった。源九郎が動じないのをみて、このまま斬撃の間合に踏み込むと、源九郎の斬撃をあびると感じたのかもしれない。

古峰は全身に激しい気勢を込め、気魄《きはく》で源九郎を攻めた。気攻めで源九郎の気を乱してから、仕掛けるつもりらしい。

ふいに、源九郎の脇にいた孫六が、ワッ、と声を上げた。牢人が近付いてきたため、孫六は後ろに下がり、叢に足をとられてよろめいたのだ。

牢人は、孫六に斬り付けようとして叢に迫った。

そのときだった。長屋の路地木戸の方で、「待て！」という声が聞こえた。源九郎や古峰たちの目が、路地木戸の方にむけられた。

七人の男が、走ってくる。平太、菅井、安田、それに長屋に住む男たちらしい。平太たち三人が前で、他の四人は後ろからついてくる。

「長屋のやつらだ！」

古峰が声を上げた。

他の四人の男は、逡巡《しゅんじゅん》するように仲間たちと目を合わせた。闘うか逃げるか、迷っているようだ。

古峰はすばやく後じさり、源九郎から離れると、

「引け！　この場は引け」

と、声を上げた。返り討ちにあうとみたらしい。

四人の男は、刀や匕首を手にしたまま逃げた。

「華町、勝負はあずけた！」

古峰は言いざま反転して走りだし、逃げる四人の後を追った。

源九郎は刀を手にしたまま、その場にいた孫六と三太郎に目をやった。ふたりとも、無事だった。

そこへ、平太と菅井たちが駆け付けた。

「は、華町、無事か」

菅井が喘ぎ声を上げながら訊いた。

「お蔭で、助かったよ」

源九郎は手にした刀を鞘《さや》に納めた。

「あやつらは、盗賊一味か」

菅井が訊いた。

「そうだ。五人のなかに、古峰がいたよ」

源九郎が、別にひとり牢人体の男がいたが、何者か分からないと言い添えた。

「あやつら、長屋にいるおれたちを狙ったのか」

「いや、長屋から出てくる者を狙ったとみていい。長屋に踏み込むには、人数が少なかったからな」

源九郎は、古峰たち五人だけで長屋に踏み込んでくるとは思えなかった。古峰たちが二手に分かれて、路地木戸から出てきた源九郎たちを襲ったことからみても、長屋から出る者を狙ったとみていい。

「迂闊《うかつ》に、長屋も出られないわけか」

菅井が顔をしかめた。

「きゃつらも、わしらが千次を捕らえたことで、このままにしておけないとみているのだろうな」

「どうする、今日も浅草に行くつもりか」

菅井が訊いた。

「古峰たちを恐れ、わしらが長屋に閉じこもっていたら、盗賊たちの思う壺《つぼ》だ」

源九郎は、予定どおり浅草へむかうつもりだった。

「おれも、行こうか」

菅井が言った。

「いや、菅井は長屋にいてくれ。菅井が長屋を離れたら、長屋は手薄になってしまう。それこそきゃつらは、長屋に踏み込んでくるぞ」

「そうか」

「わしらは、このまま浅草へ行く」

源九郎は、その場にいた孫六たちに声をかけた。

源九郎たち四人は、菅井たちに見送られて表通りを竪川の方にむかった。これから諏訪町の勝栄に立ち寄り、栄造と五人で浅草寺界隈《かいわい》に行くのである。

源九郎は、駒形堂の方に足をむけながら古峰たちに襲われたことを栄造に話した。

「まだ、旦那たちの命を狙っているのか」

栄造が驚いたような顔をした。

「それだけ、きゃつらはわしらのことを恐れているのだ」

源九郎は、伊勢吉か重吉かを捕らえて町方に渡せば、源九郎たちの濡《ぬ》れ衣《ぎぬ》は晴れ、権蔵たちに町方の手が伸びるのではないかとみた。権蔵たちは、それを知っているからこそ、源九郎たちを討とうとしているのだ。

「まず、盗賊たちの隠れ家をつかむことか」

栄造が言った。

「そうだ」

源九郎は、伊勢吉か重吉の隠れ家はつかめるのではないかとみていた。

三

源九郎たちは、この前と同じように駒形堂からすこし離れた人通りのすくないところに集まった。栄造もいっしょである。

「どうだ、近くで腹拵《はらごしら》えをしてから、探索にあたらないか」

源九郎が言った。

「そうしやしょう」

すぐに、孫六が賛成した。

源九郎たちは、近くの一膳めし屋に入った。孫六は酒を飲みたいような顔をしていたが、源九郎はめしだけ頼んだ。いまから飲んでいたら、まともな探索はできないと思ったのだ。

源九郎たちは、暮れ六ツ（午後六時）前に、駒形堂近くにもどることにして、その場で分かれた。

源九郎と孫六は三太郎、平太、栄造の三人と分かれ、伊勢吉の居所を探るために小鶴にむかった。そして、小鶴の見える所まで来ると、路傍に足をとめた。

「どうするな」

源九郎が、孫六に訊いた。

「あっしが、店をひらいているかどうか見てきやしょうか」

「わしは、ここにいる」

「すぐ、もどりやすぜ」

そう言い残し、孫六は足早に小鶴にむかった。

孫六は通行人を装い、小鶴の前まで行くと、すこし歩調を緩めたようだったが、そのまま通り過ぎ、半町ほど歩いてから足をとめた。そして、踵《きびす》を返して引き返してきた。また、小鶴の店先で歩調を緩めて聞き耳を立てているようだったが、今度は足をとめなかった。

源九郎は孫六がもどってくるのを待って、

「店はひらいていたか」

と、訊いた。

「ひらいてやした」

孫六によると、店のなかから嬌声《きようせい》や男の濁声《だみごえ》が聞こえたという。

「伊勢吉はいたか」

源九郎が知りたいのは、伊勢吉が小鶴に来ているかどうかだった。

「そこまでは、分からねえ」

「さて、どうするか」

源九郎は、小鶴に踏み込むことはできないので、前と同じように店から出てきた客に訊くしかないと思った。

源九郎が孫六に話すと、

「あっしも、店を見張るつもりで来やした」

孫六が、低い声で言った。岡っ引きだったころを思わせるようなひき締まった顔付きをしている。

「そこの店の陰に、身を隠そう」

斜向《はす》かいに、表戸をしめた小体《こてい》な店があった。何を商っていたのか、店仕舞いしたらしい。

源九郎と孫六は、店の陰に身を隠した。

路地には行き来するひとがいたが、伊勢吉らしい男はなかなか姿を見せなかった。

源九郎たちがその場に身を隠して、半刻（一時間）ほど経ったろうか。路地の先に目をやっていた孫六が、

「伊勢吉かもしれねえ」

と言って、路地の先を指差した。

見ると、遊び人ふうの男がひとり、足早にこちらに歩いてくる。

「やつだ！」

源九郎は、その男に見覚えがあった。古峰たちとはぐれ長屋に押し込んできた八人のなかにいた男である。

「どうしやす」

孫六が訊いた。

「つかまえよう。孫六、伊勢吉の後ろへまわれ」

「承知しやした」

孫六が、目をひからせて言った。

伊勢吉は源九郎たちに気付かないらしく、懐手をしたまま歩いてくる。

源九郎は刀を抜き、刀身を峰に返した。峰打ちに、仕留めるつもりだった。伊勢吉は、まだ源九郎たちには気付いていない。

伊勢吉が、五、六間先に近付いたとき、源九郎が樹陰から飛び出した。つづいて、孫六が伊勢吉の背後にむかって走り出た。

伊勢吉が、凍り付いたようにその場につっ立った。ふいに、目の前に飛び出してきた源九郎が、何者か分からなかったらしい。

源九郎は伊勢吉の前に立った。

「て、てめえは！」

伊勢吉が、ひき攣ったような顔をして叫んだ。源九郎と分かったらしい。伊勢吉は懐につっ込んでいた手で何か摑《つか》み出そうとしたが、手が震えて思うようにならない。おそらく、匕首でも呑んでいるのだろう。

「遅い！」

源九郎は摺《す》り足で伊勢吉に迫った。

伊勢吉が懐から匕首を摑み出したとき、源九郎が手にした刀を横に一閃《いっせん》させた。素早い太刀《たち》捌《さば》きである。

ドスッ、という鈍い音がし、源九郎の峰打ちが伊勢吉の腹に入った。

伊勢吉は匕首を取り落とし、苦しげな呻《うめ》き声を上げてその場に蹲《うずくま》った。

「動くな！」

源九郎は、すばやく伊勢吉に身を寄せ、切っ先を突き付けた。伊勢吉は蹲ったまま動かない。

そこへ、孫六が走り寄った。

源九郎は孫六にも手伝わせて、伊勢吉を店の陰に引き摺り込んだ。通行人の目に触れたくなかったのである。

「孫六、こいつに縄をかけろ」

源九郎が孫六に声をかけた。

「へい」

孫六は懐から細引《ほそびき》を取り出すと、伊勢吉の両腕を後ろにとって早縄をかけた。岡っ引きをやったことがあるだけに手際がいい。

孫六は伊勢吉を縛り終えると、

「猿轡《さるぐつわ》もかましておきやしょう」

と言って、猿轡もかました。

「どうしやす」

「駒形堂から離れた場所まで、連れていくか」

源九郎は、人通りの多い門前通りや駒形堂近くに伊勢吉を連れていくのは避けようと思った。大勢の通行人や通り沿いの店の者の目にとまり、すぐに権蔵たちの耳に入るとみたのである。

四

源九郎と孫六は、伊勢吉に手ぬぐいで頰っかむりさせ、猿轡が目立たないようにして路地に連れ出した。

そして、源九郎と孫六が伊勢吉の前後に立ち、路地を門前通りに向かわず逆の方向に歩いた。人通りのすくない路地をたどって門前通りから離れたところで、日光街道へ出るつもりだった。日光街道を北にむかって歩き、駒形町に入ってすぐに左手にむかえば、大川端に出られる。

源九郎たちが路地を歩いているとき、半町ほど後ろを歩いている男がいた。手ぬぐいで頰っかむりし、腰切り半纏《ばんてん》に黒股引《くろももひき》姿だった。左官か屋根葺《ふ》きのように見える。この男は、安次だった。伊勢吉に会うつもりで小鶴に来たのだが、途中、源九郎たちに捕らえられた伊勢吉を目にしたのである。

……伊勢吉を何とかしねえと、おれたちもやられる。

安次はそう思い、源九郎たちの後を尾《つ》け始めたのだ。

そして、源九郎たちが人通りの多い日光街道に入ったとき、通行人に紛れてすぐ近くまで身を寄せた。

そのとき、安次は、孫六が口にした、「こいつは、長屋まで連れていきやすか」という声と、「町方に手渡すにしても、今夜は長屋に連れていくしかないな」という源九郎の声を耳にした。

それを聞いて、安次はすぐに反転した。親分の権蔵や古峰の旦那たちに知らせねばならない、と思ったのである。

源九郎と孫六は、跡を尾けてきた安次にまったく気付かなかった。捕らえた伊勢吉が人目を引かないように、気を使って歩いていたせいである。

源九郎と孫六は、日光街道を南にむかっていっとき歩いてから、左手の路地に入った。その辺りは、駒形町である。

路地をしばらく歩くと、大川沿いの道に突き当たった。川上に目をやると、駒形堂が見えた。

「あっしが、栄造たちを呼んできやす」

そう言って、孫六は小走りに川上にむかった。

源九郎は、捕らえた伊勢吉とともに川沿いに植えられた柳の樹陰に身を隠した。そして、孫六が栄造たちを連れてもどるのを待っていた。

いっときすると、孫六が栄造、三太郎、平太の三人を連れてもどってきた。

栄造たち三人は、捕らえられた伊勢吉を見ると、ほっとした顔をし、「さすが、華町の旦那だ」「これで、盗賊たちの居所が知れる」などと口にした。

「ともかく、長屋に連れて行こう」

源九郎は、明日にも定廻り同心の村上彦四郎に連絡し、伊勢吉を引き取ってもらおうと思っていた。村上が伊勢吉から盗賊たちのことを聞き出せば、はぐれ長屋の七人の濡れ衣は晴れるはずである。

源九郎たちは、伊勢吉を取り囲むようにして歩いた。大川端の道を諏訪町まで行き、勝栄のある路地に入って、日光街道に出るつもりだった。

源九郎たちが諏訪町に入って間もなく、先を歩いていた平太が足をとめた。そして、反転すると、足早に源九郎たちのそばにもどってきた。

「どうした、平太」

すぐに、源九郎が訊いた。

「この先の柳の陰に、男がふたりいやす」

平太が指差して言った。

源九郎が目をやると、川岸の柳の樹陰に人影があった。ふたりいる。ひとりは武士らしく、刀を差しているのが見てとれた。

「待ち伏せか！」

思わず、源九郎は声を上げたが、相手はふたりだけだった。源九郎たちは五人である。相手に武士がいても、恐れることはない。

源九郎たちは、足をとめずに歩いた。

前を歩いていた平太が、

「あそこにもいる！」

と言って、通りの右手を指差した。

そこは、通り沿いにあった下駄《げた》屋の脇だった。店先の台に、赤や紫の綺麗《きれい》な鼻緒をつけた下駄が並んでいる。その店の脇に、ふたり立っていた。ひとりは、顔がはっきりしないが、古峰らしかった。

「待ち伏せだ！」

源九郎が声を上げた。

「後ろからも来やす！」

栄造が叫んだ。

見ると、大川端沿いの道を川上の方から、三人の男が足早に歩いてくる。三人のうちひとりは、武士だった。網代笠をかぶっているので、顔は見えなかったが、牢人らしかった。大刀を一本だけ、落とし差しにしている。

そのとき、川下の四人に目をやっていた孫六が、

「四人、こっちに来やす！」

と、うわずった声で言った。

川岸の柳の陰からふたり、下駄屋の脇からふたり。四人の男は、川沿いの道に出ると、足早に源九郎たちに迫ってきた。

「挟み撃ちだ！」

三太郎が叫んだ。

「川岸に寄れ！　離れるな」

と、源九郎が声をかけた。

源九郎は、太刀打ちできないと思った。相手は七人だった。しかも、武士が三人もいるのだ。

源九郎たち五人は、大川を背にして立った。背後からの攻撃を避けるためである。捕らえた伊勢吉を岸際まで連れてきたが、すこし離れた場所に立たせておいた。源九郎たちは伊勢吉を手元に置いて、七人の敵と闘う余裕はなかった。古峰たちの手で助けられても仕方がないと思った。

川下から四人、川上から三人。七人の男がばらばらと走り寄った。これを見て、近くを通りかかった者が、悲鳴をあげて逃げ散った。

五

源九郎の前に立ったのは、古峰だった。網代笠をかぶって顔を隠していたが、その体軀からすぐに知れたのだ。

牢人ふうのふたりは、孫六と栄造の前に立った。孫六たちを悶っ引きとみたからであろう。三太郎と平太の前には、遊び人ふうの男ふたりがまわり込んできた。他のふたりは、すこし身を引いて、岸際にいる捕らえられた伊勢吉に目をやっている。

「華町、今日こそ始末をつけてやる」

古峰はかぶっていた網代笠をとって、大川の川面に投げ捨てた。いまさら顔を隠す必要はないと思ったのだろう。

古峰は鋭い目で、源九郎を見据えた。そして、左手を刀の鍔元に添えて鯉口を切った。右手は、柄に添えている。居合の抜刀体勢である。

源九郎は抜刀すると、切っ先を古峰の目線につけた。すでに、源九郎は古峰の居合と立ち合ったことがあったので、手の内はわかっていた。それは、古峰にも言えることだった。

源九郎と古峰は対峙したままいっとき動かなかったが、古峰が先に仕掛けた。

「いくぞ！」

と、古峰は声をかけ、足裏を摺るようにしてジリジリと間合を狭めてきた。

源九郎は古峰に切っ先をむけていたが、

……すぐに、決着をつけねばならない。

と、思った。こうしている間にも、孫六と栄造は、ふたりの武士に斬られるかもしれない。ふたりは岡っ引きの経験が長く、十手の扱いには慣れていたが、刀には太刀打ちできないはずだ。それに、三太郎と平太も、四人の男が手にした匕首に後れをとるだろう。下手をすると、この場で源九郎たちは皆殺しになる。

源九郎はすぐに仕掛けた。何とか古峰を討ち取り、孫六たち四人を助けようと思ったのだ。

源九郎は、すばやい寄り身で古峰との間合をつめた。そして、一足一刀の斬撃の間境に迫るや否や仕掛けた。

イヤアッ！

源九郎は裂帛《れっぱく》の気合を発しざま、真っ向へ斬り込んだ。

間髪をいれず、古峰は抜刀しざま袈裟《けさ》へ。居合の神速の一撃である。

真っ向と袈裟——。

二筋の閃光が交差した。

源九郎の切っ先が、古峰の小袖の肩先を切り裂き、古峰の切っ先は源九郎の小袖の胸の辺りを裂いて流れた。

ふたりとも、小袖を裂かれただけだった。

次の瞬間、ふたりは背後に身を引いた。源九郎は川岸を背にしていたので、一歩引いただけだったが、古峰は大きく後ろに跳んだ。古峰が大きく間合をとったのは、抜いた刀を鞘に納めるためでもあった。

古峰は刀身を鞘に納めると、ふたたび居合の抜刀体勢をとった。居合の遣い手らしい素早い動きである。

このとき、三太郎が悲鳴を上げて後じさった。遊び人ふうの男の匕首で、右の二の腕を斬られたらしく、小袖が血に染まっていた。

これを見た孫六が、

「栄造、呼び子を吹け!」

と、叫んだ。

すぐに、栄造は懐から呼び子を取り出し、顎《あご》を突き出すようにして吹いた。ピリピリピリピリ……、と甲高い呼び子の音が、辺りにひびいた。これを見た牢人が栄造に斬りつけようとしたが、孫六が必死の形相で、栄造の前にまわり込んで、牢人に十手をむけた。

「こいつら盗人《ぬすっと》だ!」

孫六が十手を振り上げて叫んだ。

さらに、栄造の吹く呼び子の音が辺りにひびいた。すると、通り沿いに集まっていた野次馬たちのなかから、十手を手にした男が出てきて、呼び子を吹いた。近くを通りかかった岡っ引きらしい。

ふたりの呼び子の音が、呼応し合うように辺りにひびいた。その呼び子の音に鼓舞されるように、通りに集まっていた野次馬たちが、

「御用聞きたちを、助けろ！」

「盗人に石を投げろ！」

などと叫び、古峰や牢人たちにむかって石を投げ始めた。

バラバラと礫《つぶて》が飛んできて、古峰や牢人たちに当たった。むろん、源九郎や孫六たちにも当たるが、牢人たちを目掛けて投げている者が多いので、古峰たちに礫が集中している。

古峰は苦痛に顔をゆがめて後じさりながら、

「伊勢吉を始末しろ！」

と、叫んだ。

すると、牢人のひとりが縛られている伊勢吉に走り寄り、いきなり斬り付けた。

ギャッ！と、叫び声を上げ、伊勢吉が身をのけ反らせた。肩から胸にかけ

て、深く斬り裂かれている。

　これを見た古峰が、

「引け！　引けッ！」

　と叫び、人だかりのすくない川下の方にむかって走りだした。

　他の六人も、古峰の後を追って走った。抜き身を手にした男も何人かいた。川下にいた野次馬たちは迫ってくる古峰たちを見ると、悲鳴を上げて逃げ散った。

　源九郎は逃げる古峰たちにはかまわず、その場に残った孫六たちに目をやった。三太郎が右の二の腕を斬られ、小袖が血に染まっていたが、それほどの深手ではないようだ。右腕は動いている。

　栄造の左袖が、裂けていた。左の腕に血の色があった。牢人に斬られたにちがいない。

「栄造、斬られたのか」

　源九郎は栄造に近寄った。

「かすり傷でさァ」

　栄造が苦笑いを浮かべて言った。

「深手ではないようだ」

源九郎は、ほっとした。

このとき、岸際で呻《うめ》き声が聞こえた。伊勢吉が、血に染まってへたり込んでいた。肩から胸にかけて小袖が裂け、どっぷりと血を吸っている。

六

源九郎は伊勢吉のそばに走り寄った。その場にいた孫六や栄造たちも、伊勢吉を取り囲むように立った。

源九郎は伊勢吉の背後にまわり、背中に手を当てて体を支えてやりながら、

「伊勢吉、しっかりしろ」

と、声をかけた。

伊勢吉は、源九郎に目をむけたが、すぐに顔をしかめて呻き声を上げた。出血が激しく、苦しげである。

「古峰といっしょにいた牢人は、何者だ」

源九郎は、長屋を襲った者たちだろうと思った。

「……」

伊勢吉は、顔をしかめただけで何も言わなかった。

「おい、やつらは、おまえを助けずに、斬って逃げたのたぞ。そんなやつらの肩を持つのか」

源九郎が言った。

すると、伊勢吉の顔に憎悪の色が浮かび、

「た、田島歳造《たじまさいぞう》と、利根島宗助《とねじまそうすけ》……」

と、声を震わせて言った。

「あやつらも、権蔵の仲間か」

「や、やつらは、金で買われた犬だ」

伊勢吉が喘《あえ》ぎながら口にしたことは、ふたりの牢人は、浅草寺界隈《かいわい》で幅を利かせているごろつきで、金を渡せば人殺しも平気でやるという。

「頭目の権蔵の隠れ家は」

源九郎が声をあらためて訊いた。

伊勢吉は顔をしかめただけで、何も言わなかった。苦しげな喘ぎ声を洩《も》らしている。

「おまえを斬るよう命じたのは、古峰だぞ。おそらく、権蔵が古峰に、おまえを殺すよう指示したのだ」

「……！」

「権蔵の隠れ家はどこだ」

源九郎が伊勢吉を見すえて訊いた。

「お、おれは、親分の塒《ねぐら》がどこにあるか、知らねえんだ」

伊勢吉が言った。顔が蒼《あお》ざめ、体の顫《ふる》えが激しくなっている。

「権蔵と会って、話を聞くことはないのか」

源九郎は、権蔵が古峰や重吉たちと会って状況を訊いたり、指図したりする場所があるはずだと思った。

「ありやす」

「どこで会うのだ」

「ま、増川屋《ますかわや》ってえ、料理屋でさァ」

伊勢吉が声をつまらせて言った。

「増川屋はどこにある」

「門前通りに……」

「権蔵は、増川屋と何かかかわりがあるのか」

「お、女将《おかみ》が、親分の情婦《いろ》だと聞きやした」

「そうか」

源九郎は、増川屋を探れば、権蔵の居所が知れるのではないかと思った。

「古峰の塒は、どこだ」

源九郎が声をあらためて訊いた。

「し、知らねえ。嘘じゃァねえ」

「古峰と権蔵は、どこで知り合ったのだ」

「と、賭場《とば》だと、聞いてやす」

「賭場か」

源九郎が口をつぐむと、

「重吉の情婦《いろ》はおきよという名で、春日屋ってえ料理茶屋の女中をしてるそうだが、知ってるか」

栄造が訊いた。

「知ってやす……」

伊勢吉の声がちいさくなり、体の顫えは激しくなってきた。長くは、持たないかもしれない。

「重吉は、おきよといっしょに住んでるんじゃァねえのか」

「ふ、ふたりは、長屋に住んでやす」

「その長屋は、どこにある」

栄造が身を乗り出すようにして訊いた。

「さ、三間町《さんげんちょう》で……」

「三間町のどこだ」

栄造が語気を強くした。浅草三間町は、ひろい町だった。三間町というだけでは、探すのがむずかしい。

「か、笠置屋《かさぎや》ってえ、薬種屋がありやす。その、近くで……」

「笠置屋だな」

栄造が念を押すように言ったとき、伊勢吉が呻き声を上げながら激しく身を顫わせた。

「しっかりしろ！」

そう言って、栄造が伊勢吉の体を支えようとした。

そのとき、伊勢吉は、ウッ、と喉のつまったような呻き声を上げ、顔を上げて顎《あご》を前に突き出すようにした。次の瞬間、伊勢吉は急にぐったりとなった。

栄造が倒れかけた伊勢吉の体を支え、

「死にやした」

と、小声で言った。

すでに辺りは、深い夕闇につつまれていた。源九郎たちは、伊勢吉の死体を道の脇の叢に運んでからその場を離れた。

源九郎たちは大川端の道を川下にむかって歩きながら、明日のことを相談した。

「一味の居所が、だいぶ分かってきたな」

源九郎が言った。

「だれから捕らえやす」

栄造が訊いた。

「先に、重吉を捕らえやしょう。重吉なら、権蔵や古峰の居所も知ってるはずでさァ」

孫六が、いっしょに歩いている平太たちにも聞こえる声で言った。

「そうだな。まず、重吉を捕らえるか」

源九郎も、重吉なら仲間たちの隠れ家を知っているのではないかと思った。

源九郎たちは、栄造の勧めで勝栄に立ち寄り、そばを馳走《ちそう》になった。酒も出してくれたので、喉を潤す程度に飲んだ。ただ、孫六だけは腰がふらつくほど飲み、はぐれ長屋に帰るのがやっとだった。

七

翌日、源九郎、孫六、三太郎、平太の四人は、五ツ半（午前九時）ごろ、はぐれ長屋を出た。これから浅草にむかい、重吉の隠れ家をつきとめて捕らえるつもりだった。遅くなったのは、孫六のせいである。昨夜、孫六は勝栄で飲み過ぎ、今朝起きられなかったのだ。

「孫六、歩けるか。まだ、酔っているのではあるまいな」

源九郎が歩きながら言った。

「酔ってなんかいませんや。昨夜も、酔うほど飲んじゃいねえ」

孫六が声高に言うと、三太郎と平太が顔を見合わせて薄笑いを浮かべた。

「それを聞いて、安心したぞ。ふらついて、大川にでも嵌《は》まったら、わしらには助けられんからな」

そう言って、源九郎はすこし足を速めた。

源九郎たち四人は、竪川沿いの通りに出てから両国橋を渡り、日光街道を北にむかって諏訪町に出た。そして、勝栄に立ち寄って、栄造といっしょにふたたび日光街道に出て駒形町まで来た。

重吉の住む長屋は、三間町にあると聞いていた。三間町は、駒形町の西方にひろがっている。

「ともかく、三間町へ行ってみるか」

源九郎が言い、日光街道から左手の通りに入った。そこは、まだ駒形町だが、すぐに三間町に出られるはずである。

駒形町をいっとき歩くと、

「この辺りから、三間町ですぜ」

栄造が路傍に足をとめて言った。

「まず、薬種屋の笠置屋を探すことだ」

源九郎が言った。伊勢吉は今わの際に、重吉の住む長屋は笠置屋の近くにある、と口にしたのだ。

「この辺りで、訊いてみやすか」

栄造が通り沿いの店に目をやって言った。

下駄屋、傘屋、一膳めし屋などが並んでいた。栄造と孫六が、源九郎たちをその場に残し、話を聞きにいった。

ふたりは、それぞれ一軒の店に立ち寄っただけで、源九郎たちの待っている場所にもどってきた。

「笠置屋は、この辺りで名の知れた店のようでさァ」

そう言って、栄造が、笠置屋はこの辺りから北に歩き、西仲町《にしなかちょう》との町境近くにあることを話した。

孫六は栄造と同じことを聞いてきたらしく、口を挟まなかった。

源九郎たちは、近くの十字路まで行ってから北にむかった。

しばらく歩いてから、源九郎が道沿いにあった下駄屋に立ち寄って親爺に訊くと、一町ほど先から西仲町とのことだった。

「笠置屋という薬種屋を知らんか」

源九郎が親爺に訊いた。

「笠置屋ならこの先ですぜ」

親爺によると、すこし歩くと通り沿いにあるという。

「手間を取らせたな」

源九郎は親爺に礼を言って、店先から離れた。

源九郎たちが歩きはじめてすぐ、孫六が、

「あの店だ！」

と言って、指差した。

二階建ての大きな店だった。庇《ひさし》の上の屋根看板に「喜応丸《きおうがん》　笠置屋」と記されていた。喜応丸は、笠置屋で売り出している薬であろう。

「長屋らしい建物はないな」

源九郎が言った。笠置屋の並びには、足袋《たび》屋、傘屋などが並んでいた。店ばかりで、仕舞屋《しもたや》や長屋などは見当たらなかった。

「笠置屋の脇に、路地がありやすぜ」

孫六が指差した。

笠置屋のすぐ脇に細い路地があった。見たところ路地沿いに店はなく、仕舞屋や長屋などがありそうだった。

源九郎たちは、路地に入った。ぽつぽつと人影があった。行き交っているのは町人ばかりで、武士の姿はなかった。土地の者が多いようだ。

「長屋がありやす」

平太が路地の先を指差して言った。

見ると、半町ほど先に、路地木戸があった。その木戸の先に、棟割り長屋が二棟並んでいる。

「あの長屋だな」

源九郎たちは、足を速めた。

路地木戸の手前まで来ると、路傍に足をとめ、源九郎たち五人が集まった。

「まず、重吉がいるかどうか確かめねばな」

源九郎はそう言って男たちに目をやり、

「顔の知られていない三太郎と平太に、頼むかな」

と、言い添えた。

「承知しやした」

三太郎がすこし緊張した面持ちで言い、平太とふたりで路地木戸にむかった。

ふたりは路地木戸の前に足をとめると、左右に目をやってから木戸をくぐった。

源九郎たちは路傍の樹陰に身を隠して、三太郎たちがもどるのを待ったが、ふたりはなかなか姿をあらわさなかった。

小半刻（三十分）ちかく経ったろうか。焦《じ》れてきた孫六が、

「あっしが見てきやしょう」

と言って、その場を離れようとした。

そのとき、路地木戸から三太郎と平太が姿を見せ、源九郎たちのいる方に走ってきた。

源九郎たちは、樹陰から出て三太郎たちと顔を合わせると、

「どうしたい。何かあったのか」

と、孫六が苛立《いらだ》ったような声で訊いた。

「じゅ、重吉の家を探っていて、遅くなりやした」

三太郎が声をつまらせて言った。

三太郎と平太が話したことによると、ふたりは路地木戸から入った後、井戸端にいた長屋の女房らしい大年増《おおどしま》に、重吉の家を訊いたという。

「重吉がいるかどうか探ってみようと思って、家の近くまで行ってみたんでさァ」

三太郎が言った。

「重吉はいたのだな」

源九郎が念を押すように訊いた。

「いやした」

三太郎によると、戸口の腰高障子に身を寄せて聞き耳をたてたという。すると、男と女のやり取りが聞こえ、おきよ、と呼ぶ男の声と、重吉さん、と呼ぶ女の声が聞こえたという。

「それだけ確かめてから、もどってきたんでさァ」

三太郎が言い添えた。

八

源九郎たちは、重吉が長屋から出てくるのを待って捕らえることにした。長屋に踏み込んで、捕らえようとすると大騒ぎになり、権蔵や古峰の耳に入るとみたのだ。

源九郎たちは、路地木戸からすこし離れた路地沿いの樹陰に身をひそめて、重吉が出てくるのを待った。

重吉はなかなか出てこなかった。その場に身を隠して、一刻（二時間）ほども経ったろうか。立っているのが、苦痛になってきたとき、

「おい、だれか出てきたぞ」

と、源九郎が言った。

遊び人ふうの格好をした男がひとり、路地木戸から出てきた。こちらにむかって歩いてくる。

「やつだ、重吉だ！」

三太郎が声高に言った。

「こっちへ来るぞ」

平太が身を乗り出した。

「よし、手筈《てはず》どおりだ」

源九郎は、左手で刀の鍔元を握った。峰打ちで、仕留めるつもりだった。

重吉は肩を振るようにして歩いてくる。

源九郎たちがひそんでいる近くまで重吉がきたとき、源九郎たち五人がいっせいに飛び出した。

源九郎と孫六が重吉の前に、栄造、三太郎、平太の三人は背後にまわり込んだ。路地が狭いので、背後にまわった三人が、両脇もふさぐことになる。

一瞬、重吉は、凍りついたようにその場につっ立ったが、

「てめえら、長屋の！」

と叫びざま、懐に手をつっ込んだ。

源九郎はすばやく抜刀し、刀身を峰に返して重吉に迫った。

重吉は匕首を取り出し、身構えようとした。そこへ、源九郎が踏み込み、刀を一閃させた。

ドスッ、という皮肉を打つ音がし、重吉の上半身が折れたように前に傾《かし》いだ。

源九郎の峰打ちが重吉の腹に入ったのだ。

重吉は呻き声を上げて、その場にうずくまった。

すぐに、孫六や栄造たちが重吉の両腕をつかんで、路地沿いの樹陰に引き摺り込んだ。通りかかった者の目に触れないようにしたのだ。

孫六と栄造が重吉の両腕を取って縛り、猿轡をかました。

「長屋に連れていきやすか」

孫六が訊いた。源九郎たちは重吉を捕らえたら、はぐれ長屋に連れていって話を聞くことにしていたのだ。

「まだ、すこし早いな」

陽は家並のむこうに沈みかけていたが、まだ明るかった。

源九郎は、重吉を捕らえたことを権蔵や古峰たちに知られないように、暗くなってから連れていこうと思っていた。

源九郎たちは、その場で暗くなるのを待った。

陽が家並の向こうに沈み、辺りが夕闇につつまれたころ、源九郎たちは樹陰から重吉を連れ出し、人気のない裏路地や新道などをたどって、両国広小路まで出た。すでに、辺りは深い夜陰につつまれていたので、日中は賑やかな広小路も人影はほとんどなかった。

源九郎たちは両国橋を渡り、竪川沿いの通りを経て、はぐれ長屋に重吉を連れ込んだ。

「おれの家でいい」

源九郎は、自分の家で重吉から話を訊くつもりだった。

平太と三太郎が長屋をまわり、菅井、安田、茂次の三人を連れてきた。茂次は傷を負っていたが、重吉から話を訊くことはできる。

座敷のなかほどに重吉を座らせ、八人の男が取り囲んだ。長屋に住む源九郎たち七人に栄造がくわわったのである。

座敷の隅に置かれた行灯《あんどん》の灯《ひ》に浮かび上がった八人の顔は、赤みを帯び、目だけがうすくひかっていた。

「重吉、わしらは、おまえたちのお蔭で盗賊と思われてな。町方に捕らえられて、帰ってこない者もいる」

源九郎が、重吉を睨《にら》みすえて言った。

「……！」

重吉は体を顫わせていたが、源九郎を見上げた顔には、まだふてぶてしさが残っていた。

「まず、権蔵のことから訊くか」

源九郎はそう言った後、

「権蔵の隠れ家はどこだ！」

と、語気を強くして訊いた。

重吉は、口を引き結んだまま何も言わなかった。体がかすかに顫えていたが、怯《おび》えの色はなかった。

「重吉、しゃべらなければ、権蔵たちが助けに来てくれるとでも思っているのか。来るとすれば、殺すためだ。……千次も伊勢吉も、仲間に殺された。おまえもいっしょにいたのだからよく知っているはずだ」

「……！」

　重吉は何も言わなかったが、体の顫えが激しくなった。顔に困惑の色がある。

「権蔵がいるのは、料理屋の増川屋か」

　源九郎が増川屋の名を出すと、重吉は驚いたような顔をした。源九郎が増川屋のことまで知っていたからだろう。

「増川屋の女将のところに、身を隠しているのだな」

「ちがう！」

　重吉が言った。

「では、どこだ」

　源九郎が畳み掛けるように訊いた。

「裏手の隠居所だ」

「増川屋の裏手に、隠居所があるのだな」

「そ、そうだ」

　重吉の視線が揺れた。親分のことをしゃべってしまった後悔であろうか。

　源九郎はそれだけ聞けば、重吉の居所は知れると思い、重吉の前から身を引いた。すると、菅井が重吉の前に立ち、

「古峰の居所は」

と、語気を強くして訊いた。

「材木町《ざいもくちょう》だ」

重吉はすぐにしゃべった。権蔵のことを話したので隠す気が薄れたのだろう。

「材木町のどこだ」

浅草材木町は、駒形町の北側で大川沿いにひろがっている。

「和泉屋《いずみや》という船宿のそばにある借家に情婦《いろ》といっしょに住んでいる」

「情婦といっしょにな」

菅井はそれだけ訊くと身を引いた。

菅井に替わって栄造が、

「もうひとり、成田屋に押し入った仲間のなかに二本差しがいたな」

と、訊いた。殺された千次が、七人の賊のなかに武士がふたりいたことを話したのだ。

「沢村《さわむら》の旦那でさァ」

重吉が、武士の名は沢村平三郎《へいざぶろう》で、牢人だと話した。

「沢村の隠れ家は」

「あっしはいったことがねえが、古峰の旦那の塒の近くと聞いてやす」

「借家か」

「そう聞きやした」

「独り暮らしか」

「沢村の旦那のことは聞いてねえ」

「そうか」

栄造は重吉の前から身を引いた。それだけ聞けば、沢村の居所は知れると思ったのだろう。

つづいて、重吉の前に立つ者がなく、座敷が静寂につつまれたとき、

「もうひとりいやすぜ、安次が」

と、孫六が口をはさみ、「安次は、どこにいるんだい」と重吉に訊いた。

「古峰の旦那たちと同じ、材木町にいやす」

すぐに、重吉が答えた。隠す気はなくなったようだ。

「借家かい」

孫六が訊いた。

「長屋と聞きやした」

「なんてえ長屋だい」

長屋だけでは、探すのがむずかしいのだ。

「吉兵衛店《よしべえだな》と聞きやした」

孫六は、長屋の名が分かれば突き止められると踏んだらしく、

「安次は独り暮らしかい」

と、別のことを訊いた。

「女房がいやしたが、一年ほど前に死んだようでさァ」

「いまは、独りだな」

そう言って、孫六が重吉の後ろから身を引くと、次に訊く者がなく、急に座敷が静かになった。

「あっしは、どうなるんで」

重吉が源九郎に目をやって訊いた。

「わしらは殺したりしないが、放免というわけにはいかないな。町方に渡すことになろうな」

源九郎は、南町奉行所の定廻り同心の村上彦四郎に重吉を引き渡そうと思った。

村上が重吉を吟味すれば、賊のなかに安次という名の男がいて、長屋の住人で町方に捕らえられた安次と同名であることも知れるだろう。

第五章　隠れ家

一

源九郎と孫六が、はぐれ長屋を出て両国橋のたもとまで行くと栄造が待っていた。三人は、これから浜町堀にかかる汐見橋まで行くつもりだった。市中巡視のために通りかかる村上彦四郎に会うためである。

「待たせたか」

源九郎が栄造に声をかけた。

「あっしも、来たばかりで」

栄造は、源九郎たちといっしょに歩きだした。

源九郎たち三人は両国橋を渡り、賑やかな両国広小路に出た。そして、広小路をいっとき歩いてから、左手の通りに入った。

源九郎たち三人は、通りを日本橋方面にむかって歩いた。しばらく歩くと、前方に浜町堀にかかる橋が見えてきた。汐見橋である。

源九郎たちは汐見橋のたもとに出ると、岸際の柳の陰に立った。そこは、以前、巡視のために通りかかった村上と会った場所である。

「気長に待とう」

源九郎が言った。

何時《なんどき》ごろ、村上がこの場を通るかはっきりしなかった。ただ、昼前であることは分かっていた。村上は巡視のために組屋敷のある八丁堀を出て、日本橋の通りを経てこの場に来るのだが、そう長い時間はかからないはずだ。

「酒の入《へえ》っている貧乏徳利でも、ぶら下げてくればよかったな」

孫六は、樹陰で休みながら一杯やりたくなったようだ。

源九郎たちがその場に来て、半刻（一時間）ほど経ったろうか。

「来やすぜ」

橋に目をやっていた栄造が言った。

見ると、村上が三人の供を連れてこちらに歩いてくる。三人の供は以前顔を見た小者と中間、それに岡っ引きらしい。

源九郎たち三人は、樹陰から出て橋のたもとで村上が近付くのを待った。

村上は源九郎たちに気付くと、足を速めて近付き、

「おれを待ってたのかい」

と、訊《き》いた。

三人の供も、源九郎たちに目をむけた。すると岡っ引きが栄造に近付き、「久し振りだな」と声をかけた。栄造の知り合いらしい。後で栄造から聞いて分かったのだが、岡っ引きの名は、甚八《じんぱち》だった。

「村上どのに、話しておきたいことがあってな」

源九郎が、村上に身を寄せて言った。

「歩きながら話そう」

そう言って、村上が先にたって歩きだした。

人通りの多い橋のたもとを過ぎたところで、

「話してくれ」

と言って、村上がうながした。

「成田屋に押し入った盗賊のことだ」

「だいぶ、盗賊のことを探っているようだな」

村上が、源九郎だけでなく栄造と孫六にも目をやって言った。

「探っているだけでなく、七人の賊のうちふたりは始末した」

源九郎が言った。

「ふたり始末したと！」

村上が驚いたような顔をして源九郎を見た。

「始末したといっても、わしらが手にかけたわけではない。口封じのために、盗賊の仲間が殺したのだ」

源九郎が歩きながら、盗賊の仲間たちが源九郎たちを襲い、隙を見て捕縛された者を殺したことを話した。

「すると、七人の賊のうち残っているのは、五人ということか」

村上が訊いた。

「いや、四人だ。……実は、もうひとり重吉という男を捕らえて、長屋に閉じ込めてある。まだ、盗賊一味に気付かれていないが、それも長い間ではない。気付けば、すぐに長屋を襲って始末しようとするだろうな」

「うむ……」

村上の顔が、厳しくなった。やり手の同心らしい凄《すご》みのある顔である。

「一味の者たちが、長屋に押し込んできて重吉を殺す前に、村上どのに引き渡そうと思い、ここで待っていたのだ」

「そうか」

村上はいっとき虚空を睨《にら》むように見すえて黙考していたが、

「重吉は、おれが引き取る」

と、語気を強くして言った。

「ほかに、村上どのに話しておくことがある」

「なんだ」

「盗賊の頭目の権蔵、それに、牢人の古峰などの隠れ家もほぼ分かっている」

源九郎は、重吉の自白から知ったことをまだ確かめてなかったが、まちがいないとみていた。

「隠れ家まで、つかんでいるのか」

村上が感心したように言った。

「これから確かめるつもりだが、まちがいあるまい」

「華町、なぜ、それをおれに話したのだ」

村上が足をとめて源九郎に顔をむけた。

「村上どのに捕らえてほしいからだ」

源九郎の本心だった。いま、成田屋に押し入った賊の探索に当たっているのは、南町奉行所では、定廻り同心の安川進次郎だった。

その安川が、長屋の安次を盗賊のひとりとして捕らえ、菅井も疑われて岡っ引きに身辺を探られている。そして、いまも安川ははぐれ長屋の源九郎たちに疑いの目をむけているのだ。

そうしたこともあったので、源九郎はこれまで探ったことを安川ではなく村上に知らせ、盗賊の捕縛にあたって欲しかったのだ。

「うむ……」

村上は思案するような顔をして歩いていたが、ふいに足をとめ、

「いいだろう。残った盗賊は、おれがお縄にする」

と、強いひびきのある声で言った。

そして、村上はいっとき間を置いてから、

「ただ、大勢の捕方は集められないぞ。巡視の途中、賊の隠れ家を見付け、急《きゅう》遽《きょ》捕方を集めて捕らえたことにするのでな」

そう言い、つづけて、与力にも知らせずに賊の捕縛にあたると話した。

「わしらも、近くを通りかかったことにして、村上どのといっしょに捕物にあたるつもりだ」

源九郎が言うと、脇にいた孫六と栄造がうなずいた。

二

源九郎たちは、村上とともに捕物にあたる前にやらねばならないことがあった。重吉から聞いた権蔵や古峰たちの隠れ家に、本人がいるかどうか確かめねばならないのだ。

源九郎は村上に話した翌日、巡視途中の村上に重吉を引き渡してから、孫六、菅井、安田、三太郎、平太の五人とともに、浅草にむかった。盗賊一味に長屋を襲われる心配が薄れたので、菅井たちにもくわわってもらったのだ。ただ、茂次は傷がまだ癒えていなかったので、長屋に残った。

途中、源九郎たちはそば屋の勝栄に立ち寄り、栄造もくわえて総勢七人が浅草にむかった。

源九郎たちは、駒形堂からすこし離れた大川端に集まり、権蔵、古峰、沢村、安次の四人の隠れ家をつきとめるための相談をした。

権蔵の隠れ家を確認するために、栄造と安田が門前通りにむかい、源九郎、孫六、菅井、三太郎、平太の五人は、材木町に行くことになった。材木町には、古峰、沢村、それに、安次の住処《すみか》があるらしいので、五人になったのだ。

源九郎たち七人は、陽が沈む前にこの場にもどることにして二手に分かれた。

源九郎たち五人は大川端の道を川上にむかい、駒形町を過ぎて材木町に入ると、さらに二手に分かれることにした。

「おれは、古峰と沢村の塒《ねぐら》を探る」

菅井が言った。古峰と沢村は武士である。それに、古峰は居合の遣い手だった。そうしたことがあって、菅井はふたりの塒を探ると言い出したようだ。

「わしも、菅井といっしょに行く」

源九郎は、古峰と沢村の隠れ家は近くなので、下手をするとふたりを相手にすることになる、とみて菅井といっしょに行くことにしたのだ。

「あっしと平太と三太郎とで、安次の塒を探しやしょう」

孫六が言った。

源九郎たちは大川の岸近くで太い枝を伸ばしていた桜の近くに来ると、昼頃にはその場にもどることにして孫六たちと分かれた。

「まず、探すのは和泉屋という船宿だな」

源九郎は、重吉が口にしたことを思い出して言った。

「船宿なら、すぐに見つかるはずだ」

菅井が先にたって川沿いの道を川上にむかって歩きだした。前方に、大川にかかる吾妻橋《あずまばし》が見えてきた。

いっとき歩くと、川岸近くに船宿らしい店が見えた。脇に桟橋があり、三艘の猪牙舟《ちよきぶね》が舫《もや》ってあった。

「あの男に、訊いてみるか」

源九郎が、川上から歩いてくる船頭らしい男を目にとめて言った。赤銅色《しやくどういろ》の肌をした大柄な男である。印半纏《しるしばんてん》を羽織っていた。

源九郎は男に近付いて、

「聞きたいことがある」

と、声をかけた。

男は驚いたような顔をした。突然、武士に声をかけられたからだろう。だが、相手が年寄りとみて、

「爺《じい》さん、何を訊きてえんだい」

　と言って、口許に薄笑いを浮かべた。

「この辺りに、和泉屋という船宿はないかな」

「和泉屋なら、そこですぜ」

　船頭が、川沿いにあった船宿らしい店を指差して言った。

「やはり、そうか」

　源九郎は呆気《あつけ》なく見つかり、拍子抜けしたような気がした。

「爺さん、川に嵌《は》まんねえようにしてくんな」

　そう言って、船頭は歩きだした。

「待て、待て。まだ、訊くことがあるのだ」

　慌てて、源九郎が船頭に声をかけた。

　船頭は足をとめて振り返り、

「早く訊いてくんな」

　と、その場に立ったまま言った。

「近くに、借家はないか」

「ありやすよ」

船頭によると、川上に一町ほど歩くと、道沿いに借家が三軒並んでいるそうだ。

「その借家に武士が住んでると聞いたんだがな」

「そういやァ、二本差しが住んでたかも知れねえ」

船頭は、「爺さん、もう行くぜ」と言い残し、川下にむかって歩きだした。

すると、菅井が近寄ってきて、

「華町、うまく聞き出したではないか。長屋で傘張りなどしているより、御用聞きでもやった方がいいかもしれんぞ」

と言って、顔に薄笑いを浮かべた。

「わしは、先に行くぞ」

源九郎は菅井から離れるように、川上にむかって足早に歩いた。

一町ほど歩くと、道沿いに借家らしい仕舞屋《しもたや》が、三軒並んでいるのが見えた。同じ造りの家である。

源九郎は路傍に足をとめて、三軒の仕舞屋に目をやった。三軒とも表戸はしまっていた。住人がいるかどうか分からない。

そこへ、菅井が近付いてきて、

「あの家か」

と、三軒に目をやって言った。

「古峰だけでなく、沢村もここに住んでいるかもしれんな」

重吉によると、沢村の住む借家は古峰の塒の近くにあるとのことだった。付近に、別の借家はありそうもないので、沢村も三軒のうちのどれかに住んでいるとみていいのではあるまいか。

「おれも、そうみるな」

菅井が、三軒ならんでいる借家に目をやって言った。

三

「さて、どうするか」

源九郎は、まず三軒の借家のどれかに、古峰と沢村がいるかどうか確かめようと思った。

「家の前を通って、なかの様子を探ってみるか」

菅井が言った。

「そうだな」

源九郎と菅井は、通行人を装って三軒の長屋に近付いた。

手前の家の戸口近くまで来ると、話し声が聞こえた。子供と女の声だった。女は母親らしい。町人の言葉だったので、沢村と古峰の塒でないことはすぐに知れた。次の家からは、障子をあけしめするような音がしただけで、人声は聞こえなかった。だれが住んでいるか、まったく分からない。

三軒目もそうだった。かすかに物音がしたが、何の音かも聞き取れなかった。住人がいるようだが、男か女かも分からない。

源九郎と菅井は家の前を通り過ぎ、半町ほど歩いてから路傍に足をとめた。

「だれが住んでいるか、分からんな」

菅井が言った。

「近所の住人に、訊いた方が早いのではないか」

源九郎がそう言って、三軒の借家に目をやったとき、さきほど話し声が聞こえた家の戸口の板戸があいて、母親らしい女と男児が出てきた。男児は、四、五歳と思われた。女に手を引かれている。

「あの女に聞いてみよう」

源九郎は、小走りに来た道を引き返した。菅井が、慌ててついてきた。

源九郎は母子らしいふたりに近付き、

「ちと、訊きたいことがあるのだがな」

と、声をかけた。

「あたしですか」

女が振り返って訊いた。男児は丸く目を見開いて、源九郎を見つめている。

「そうだ。いま、そこの家から出てきたところを見掛けたのだが、隣の家のことで訊きたいことがあるのだ。……わしの知り合いが、この近くに住んでいると聞いてまいったのだが、隣に住んでいるのは、武士ではないかな」

「お侍さまですよ」

すぐに、女が言った。

「古峰どのか」

源九郎は、古峰の名を出した。

「いえ、お隣は沢村さまで、そのお隣が古峰さまです」

「そうか」

源九郎は、古峰と沢村は近くに住んでいるとみていたが、隣同士とは思わなかった。

「古峰どのは、家にいるかな」

さらに、源九郎が訊いた。

「いないはずですよ。今朝方、お出かけになるのを見掛けましたから」

「家にはだれもいないのか」

「ご新造《しんぞ》さんが、いらっしゃいますよ」

「古峰どのの妻女か。……名を知っているかな」

源九郎は念のため、妻女の名を聞いておこうと思った。

「おかねさんですよ」

「おかねか。……ところで、沢村どのは、家におられるかな」

源九郎は、家のなかで物音がしたので、だれかいるはずだと思った。

「家に、いらっしゃるはずですよ」

そう言うと、女は男児の手を引いて、すこし足を速めた。見知らぬ武士が、隣家のことをいろいろ訊くので不安になったらしい。

「古峰どのがいないなら、出直すかな」

源九郎は足をとめた。

母子は、足早に離れていく。男児は母親に手を引かれ、首をねじ曲げるようにして振り返り、源九郎を見ている。

源九郎に菅井が近付き、

「話は聞いたぞ」

と、小声で言った。

「どうする、沢村はいるらしいが」

源九郎は路傍に立ったまま借家に目をやった。

「沢村だけ、斬るか」

菅井が刀の柄《つか》に手をかけて言った。その気になっている。

「だが、ここで沢村を斬ると、古峰はこの隠れ家はわしらに知られたとみて、住処を変えるのではないか」

「そうだな」

菅井は刀の柄から手を離した。

「しばらく様子を見るか」

源九郎は、古峰が帰ってくるかもしれないと思い、しばらく待つことにした。

ふたりは通り沿いの樹陰に身を隠し、借家や大川沿いの通りに目をやっていた。

通りには、行き来するひとの姿があった。地元の住人だけでなく、浅草寺方面から流れてきたらしい参詣客や遊山客《ゆさん》などの姿もあった。

源九郎と菅井は樹陰でいっとき待ったが、古峰は姿を見せなかった。

「来ないな」

菅井が生欠伸《なまあくび》を嚙み殺して言った。

「もどるか」

源九郎が言い、ふたりは集まる場所に決めてあった駒形堂からすこし離れた大川端にむかった。

約束の場所に孫六たちと三太郎はもどっていたが、栄造と安田の姿はなかった。

「どうだ、安次の塒は知れたか」

源九郎が訊いた。

「知れやした」

孫六が、吾妻橋のたもと近くの路地沿いに吉兵衛店があり、そこに安次が住んでいることを確かめたという。

「わしらも、古峰と沢村の隠れ家をつかんだぞ」

そう言って、源九郎が借家にふたりが住んでいることを話した。

源九郎の話が終わったとき、駒形堂の方に目をやっていた菅井が、

「安田と栄造がくるぞ」

と、声高に言った。

見ると、安田と栄造が足早にやってくる。ふたりは、源九郎たちのそばに来ると、

「権蔵の隠れ家が知れやした」

そう言って、栄造がその場に集まっている男たちに目をやり、

「やはり、増川屋の裏手にある隠居所です。権蔵は増川屋の隠居という触れ込みで、その隠居所に身を隠しているようです」

と、言い添えた。

「これで、残る四人の隠れ家が知れたな」

源九郎は、村上に話して捕方とともに権蔵や古峰たちの捕縛にあたろうと思った。

四

源九郎、孫六、栄造の三人は、浜町堀にかかる汐見橋のたもとで村上が来るのを待っていた。頭目の権蔵をはじめ残る四人の居所が知れたので、村上に知らせるためである。

「来やしたぜ」

孫六が声高に言った。

村上はいつもの巡視と同じように、岡っ引きの甚八、小者、中間の三人を供に連れていた。

源九郎たちは村上の後ろについて歩きながら、

「盗賊の残る四人だが、居所が知れたぞ」

と、源九郎が切り出した。

「知れたか」

村上の声には、昂《たかぶ》ったひびきがあった。

「四人、それぞれ別の塒に身をひそめているようだ」

そう言って、源九郎は四人の隠れ家のことをかいつまんで話した。

「増川屋は、浅草寺の門前通りにあるのか」

村上が念を押すように訊いた。

「そうだ」

「日中、踏み込んだら大騒ぎになるな」

村上の顔に、憂慮の色が浮いた。

「権蔵が身をひそめているのは、増川屋の離れでな、表通りから入った場所にあり、客はいないらしい」

源九郎が言った。

「それでも、騒ぎが大きくなる」

村上の顔から、憂慮の色は消えなかった。

「先に古峰たちを捕るか」

「いや、頭目の権蔵からだ。……捕方の人数がすくないのでな、先に権蔵を捕らえたい」

村上によると、与力の出役《しゆつやく》を仰がず、巡視の途中盗賊の隠れ家をつかみ、急遽捕方を集めて捕縛にむかったことにするので、人数はかぎられてしまうという。

「いずれにしろ、日を置かずに他の者の捕縛にあたらねば、逃げられてしまうな」

村上は、権蔵を捕らえたその日のうちに、古峰、沢村、安次の三人の捕縛にむかいたいと言い添えた。

「承知した。それで、いつ、権蔵の捕縛にむかう」

源九郎が訊いた。

「早い方がいい。今日中に捕方を手配し、明日の早朝、権蔵を捕らえよう」

「早朝……」

源九郎は、早朝、捕方を集めて浅草にむかうのは、むずかしいのではないかと思った。

「店はひらかれず、店の者が眠っているときがいい。ただ、夜のうちに捕方を集めねばならないので、人数はすくなくなる」

村上が、朝方なら人通りがすくなく、騒ぎが大きくならずに権蔵を捕らえることができるはずだ、と言い添えた。

「承知した」

さすが、村上は長年捕物にかかわっていただけのことはある、と源九郎は思った。

「明け六ツ（午前六時）ごろ、駒形堂の辺りで待っていてくれ」

そう言うと、村上は両国広小路の方に足早にむかった。

源九郎と孫六は、両国広小路に入ったところで、栄造とも別れて、はぐれ長屋にむかった。長屋にいる菅井たちに、明朝、権蔵たちの捕縛にむかうことを話しておこうと思ったのだ。

長屋にもどると、源九郎は孫六と手分けして菅井や安田たちの家をまわり、源九郎の家に集まるように伝えた。

集まったのは、七人だった。源九郎、孫六、菅井、安田、平太、三太郎、それに怪我をした茂次の姿もあった。

源九郎は座敷に姿を見せた茂次に、

「傷は大丈夫なのか」

と、訊いた。まだ、肩から胸にかけて晒《さらし》を巻いているようだった。

「もう、痛くも痒《かゆ》くもねえ」

そう言って、茂次は両腕をまわして見せた。

みた。

「それなら、わしらといっしょに来てくれ」

源九郎は、捕方がいるので、茂次が盗賊たちと闘うようなことはないだろうと
「権蔵たちを捕らえにいくのか」

菅井が念を押すように訊いた。

「そうだ。……村上どのの話では、朝暗いうちに権蔵の隠れ家に踏み込むつもりらしい」

源九郎は、村上から聞いたことをひととおり話し、

「早朝ということもあって、捕方はすくないようだ。それで、わしらも手を貸して、離れにいる権蔵を捕らえようと思うのだが、どうだ」

と、男たちに目をやって訊いた。

「やりやしょう。頭目の権蔵は、町方だけにまかせちゃァおけねえ」

茂次が声高に言った。

「あっしも、やりやすぜ」

すぐに、孫六が言った。

座敷にいた他の男たちも、明朝浅草に行くことを承知した。

「古峰と沢村は、どうする」

菅井が訊いた。

「権蔵を捕らえたら、すぐに古峰たちの隠れ家にむかうつもりだ。捕方は、どう動くか分からんが、わしらだけで討つことになるかもしれんな」

源九郎は、日を置かずに古峰たちを討ちたかった。古峰たちは、権蔵が捕縛されたことを知れば、隠れ家から姿を消すかもしれない。

「その方がいい」

菅井が目をひからせて言った。

その日、菅井たちは打ち合わせが済むと、それぞれの家に帰った。明日、暗いうちに浅草にむかうので、今夜は早く寝るのだ。

孫六は、酒を飲みたそうな顔をしていたが、酒のことは口にせず、おとなしく自分の家に帰った。

五

満天の星空だった。風のない静かな夜である。

まだ、明け七ツ（午前四時）前であろう。はぐれ長屋に灯《ひ》の色はなく、夜の静寂《しじま》につつまれていた。

路地木戸の前に男たちが集まっていた。源九郎、菅井、安田、孫六、茂次、三太郎、平太の七人である。

「いくぞ」

源九郎が声をかけた。

七人の男は路地木戸から出ると、足早に竪川の方へむかった。竪川沿いの通りから両国橋を渡り、両国広小路に出た。日中は大勢の老若男女が行き来しているのだが、いまは人影もなく、ひっそりとしていた。

源九郎たちは浅草橋を渡り、日光街道を浅草寺方面にむかった。

駒形堂の近くまで行くと、男たちが集まっていた。村上が率いる捕方の一隊である。一隊といっても十数人だった。それに、捕方らしい身装《みなり》ではなかった。多くは岡っ引きと下っ引きだったが、いずれもふだん市中を歩いている格好をしていた。

村上も、捕物出役装束ではなかった。やはり、市中巡視をしているおりと同じ格好をしていた。小袖を着流し、羽織の裾《すそ》を帯に挟む巻羽織と呼ばれる身支度である。

村上が話していたとおり、市中巡視のおりに盗賊の隠れ家を発見し、急遽手先を集めて捕縛にあたったことにするため、あえて捕物装束にしなかったようだ。源九郎たちは村上と顔を合わせたが、言葉を交わさず、ちいさくうなずき合っただけである。ただ、栄造だけは村上のそばに行き、捕方のひとりにくわわることになった。

「いくぞ！」

村上が捕方たちに声をかけた。すると、栄造が前に出て、

「こっちでさァ」

と言って、先にたった。

栄造は、権蔵が身をひそめている増川屋の離れまで先導するようだ。

捕方の一隊は、浅草寺の門前通りを浅草寺の方へむかった。ふだんは、参詣客や遊山客などで賑わっている通りだが、いまは人影もなく夜の静寂《しじま》につつまれていた。料理屋、料理茶屋なども夜陰のなかで、ひっそりと寝静まっている。

先にたった栄造が、二階建ての大きな料理屋の前で足をとめた。増川屋である。増川屋も、夜陰と静寂につつまれていた。

「店の脇から行きやす」

そう言って、栄造は増川屋の入口の脇の小径《こみち》から裏手にむかった。その小径の先に、離れがあるらしい。

小径はすぐにとぎれ、松、紅葉《もみじ》、つつじなどの植えられた庭に出た。庭といっても、庭石や池などはなかった。

捕方の一隊は、松や紅葉などの庭木の間を音をたてないように進んだ。そして、いっとき歩くと、離れのような建物の前に出た。

「これが、隠居所ですぜ」

栄造が声をひそめて言った。

離れは、闇と静寂につつまれていた。物音も人声もしなかった。住人は眠っているらしい。

「龕灯《がんどう》に火を入れろ」

村上が捕り方に指示した。

龕灯は銅やブリキなどで、釣鐘形の外枠を作り、なかに蠟燭《ろうそく》を立てられるようにした物である。懐中電灯のように、一方だけを照らすことができる。

捕り方のふたりが、用意した火種で龕灯に火を点《つ》けた。

龕灯の明かりが、離れの戸口を丸く照らし出した。洒落《しゃれ》た格子戸がしまっていた。捕方のひとりが、戸口に近付き格子戸に手をかけて引いたがあかない。心張り棒でもかってあるらしい。

「ぶち破れ」

村上が、脇に立っていた大柄な男に指示した。

すると、大柄な男は、腰にぶら下げていた革袋のなかから鉈《なた》を取り出した。村上が、用意させたらしい。

大柄な男は格子戸の前に立つと、鉈を振り下ろした。バキッ、と大きな音をたてて格子が砕けた。

男は三度、鉈をふるい、格子が砕けて大きな隙間ができると、右腕をつっ込んで、何やら取り外した。心張り棒である。

戸があいた。すぐに、龕灯がむけられ、戸口を丸く照らし出した。敷居の先が土間になっていた。その先に、狭い板間があった。板間の先に襖がたてられている。

「踏み込め！」

村上が声をかけた。

龕灯を持った捕方につづいて、数人の男が土間に踏み込んだ。いずれも十手を持っている。

御用！

御用！

と声を上げ、捕方たちが板間に上がった。龕灯が家のなかに向けられ、辺りを丸く照らし出した。

そのとき、襖の奥で物音がした。夜具を撥《は》ね除《の》ける音につづいて、「捕方だ！」「踏み込んできたぞ！」という男の声がした。

村上につづいて、源九郎たちも土間に踏み込んだ。

そのとき、襖があいて、寝間着姿の男がふたり、姿を見せた。ひとりは、安次だった。材木町にある長屋から権蔵のところへ来ていたらしい。

「親分、逃げてくれ！」

安次が、奥にむかって叫んだ。権蔵は奥にいるらしい。

源九郎は、右手に廊下があるのを目にした。奥に通じているようだ。

「わしらは、奥へ行く」

言いざま、源九郎は右手の廊下にむかった。孫六と菅井が、源九郎につづいた。

「栄造、奥へ行け！」

村上が指示した。

すぐに、栄造とふたりの捕方が、源九郎たちにつづいた。捕方のひとりが、龕灯を持っている。

一方、戸口に近い座敷では、姿を見せた安次ともうひとりの男を捕縛するために、捕方たちがふたりを取り囲んだ。捕方たちは、ふたりに十手をむけている。

座敷に残った安田や茂次たちは、捕方たちの背後に立った。様子を見て、捕方たちに味方して、安次ともうひとりの男を捕らえるつもりなのだ。

「ちくしょう！　皆殺しにしてやる」

安次が、手にした匕首《あいくち》を捕方たちにむけた。目がつり上がり、歯を剝《む》き出していた。追い詰められた獣のような形相である。

六

源九郎は廊下の先の座敷で、夜具を撥ね除けるような音がするのを耳にした。

「その座敷だ」

源九郎がそばにいた孫六と菅井に知らせた。

源九郎は、足音を立てないように物音のする部屋の前まで来た。廊下側に立てられている襖の向こうで、「捕方だよ」と女の震えるような声がした。つづいて、「ここに、来る前に逃げるんだ」と、男のくぐもったような声がした。襖の向こうに、権蔵と女がいるようだ。ここが、権蔵の寝間であろうか。

「踏み込むぞ」

源九郎が声を殺して言い、襖をあけた。

暗い座敷に、ふたりの人影が見えた。男と女らしいが、闇につつまれていて、はっきりしない。

「龕灯で、照らしてくれ」

栄造が声をかけた。

すぐに、捕方のひとりが龕灯を座敷にむけた。丸いひかりのなかに、ふたりの姿が浮かび上がった。

ひとりは、でっぷりした大柄な男だった。眉《まゆ》が濃く、目がギョロリとしている。大きくひらいた両襟の間から、太鼓腹が覗《のぞ》いていた。

もうひとりは、年増《としま》だった。乱れた襦袢《じゅばん》から、白い胸が浮き上がったように見えた。

「権蔵か」

源九郎が訊いた。

「ここが、よく分かったな」

言いざま、男は後退《あとじさ》った。男は、権蔵であることを否定しなかった。この期に及んで、権蔵ではないと言っても、どうにもならないと思ったのだろう。

権蔵は座敷の奥の神棚に手を伸ばし、何か摑《つか》み取った。匕首である。その匕首を源九郎たちにむけ、

「皆殺しにしてやる!」

言いざま、権蔵は匕首を前に突き出すように身構えた。若いころ、こうした修羅場を何度かくぐった経験があるのだろう。権蔵の動きは、速かった。

一方、年増は権蔵の背後にまわって、身を顫《ふる》わせている。

「権蔵、悪足掻《わるあが》きはよせ」

源九郎は刀身を峰に返して、権蔵の前に立った。

「てめえか、はぐれ長屋の華町ってえ野郎は!」

権蔵は、源九郎のことを知っているようだ。重吉たちから聞いていたのだろう。

「そうだ」

源九郎は、切っ先を権蔵にむけた。龕灯のひかりを映じて、刀身が血に濡れたように赤くひかっている。

権蔵は動かなかった。匕首を源九郎にむけたまま、睨むように見据えている。

源九郎は摺《す》り足で、権蔵との間合をつめた。そして、源九郎が斬撃の間境に踏み込んだとき、

「死ね！」

叫びざま、権蔵が素早い動きで間をつめてきた。

権蔵は匕首のとどく間合まで来ると、いきなり踏み込みざま手にした匕首を突き出した。

刹那《せつな》、源九郎は右手に跳んで権蔵の匕首をかわすと、刀を横に払った。一瞬の攻防である。

ドスッ、と皮肉を打つ鈍い音がし、源九郎の刀身が権蔵の太鼓腹に食い込んだ。峰打ちが、腹をとらえたのだ。

グワッ、と叫び声を上げ、権蔵は二、三歩よろめいたが、足がとまるとその場にうずくまった。

「縄をかけろ！」

源九郎が声をかけた。

すぐに、栄造と孫六が、権蔵の両腕を後ろにとって早縄をかけた。ふたりともこうしたことに慣れていたので、手際がよかった。

「女はどうしやす」

孫六が訊いた。

「念のため、縄をかけてくれ。女も、村上どのに任せよう」

源九郎がそう言うと、栄造と孫六は、女にも縄をかけた。女はまったく抵抗しなかった。紙のように蒼《あお》ざめた顔で、身を顫わせている。

「ふたりを、表に連れていくぞ」

源九郎が声をかけ、捕らえた権蔵と女を連れて表にむかった。

戸口近くの捕物も、終わっていた。安次ともうひとりの男は後ろ手に縛られ、座敷のなかほどにへたり込んでいた。ふたりとも寝間着が乱れ、胸や腿《もも》があらわになっている。

安次の額が赤く腫《は》れ、痣《あざ》ができていた。抵抗したために、捕方に十手で殴られたのであろう。

村上が縄をかけられた大柄な男を見て、

「その男が、権蔵か」

と、源九郎に訊いた。

「そうだ。奥の座敷にいたので、捕らえた」

「華町どのたちのお蔭で、盗賊の頭《かしら》を捕らえることができた。……礼を言う」

村上は、源九郎だけでなく、その場にいた菅井や孫六たちにも目をやって、礼の言葉を口にした。

「いや、わしらは濡《ぬ》れ衣《ぎぬ》を晴らすためにやっただけだ。村上どののお蔭で、わしらも助かったのだ」

源九郎が言うと、菅井たちがうなずいた。

村上をはじめとする捕方たちは、捕らえた権蔵たちを離れから連れ出した。浅草寺の門前通りは、増川屋の離れに踏み込んだときより、人通りが多くなっていたが、まだ通り沿いの料理屋や料理茶屋などは、店をひらいていなかった。増川屋もひっそりしていた。離れに、町方が踏み込んだことに気付いた店の者もいただろうが、騒ぎたてるようなことはなかった。

村上たちも、増川屋の店内に踏み込むつもりはなかった。ただ、捕らえた権蔵や安次の吟味から、増川屋の女将《おかみ》や奉公人などが盗賊一味にかかわった嫌疑が持たれれば、あらためて調べにくるかもしれない。

源九郎たちや捕方の一隊は、駒形堂の近くまで来ると、大川端の道を川上にむかってすこし歩いてから足をとめた。

大川端の辺りはまだ人影がすくなく、大川の流れの音だけが辺りに響いていた。

七

村上は源九郎に歩を寄せ、

「古峰と沢村も、捕らえたいが」

と、声高に言った。小声では、大川の流れの音に掻き消されてしまうのだ。

「すぐに、ふたりを捕らえた方がいいな」

源九郎はそう言ったが、古峰と沢村を捕縛するのは難しいと思った。ふたりは剣の遣い手である。剣をふるって、捕方に抵抗するだろう。捕方が、刺又《さすまた》、袖搦《そでがら》み、突棒《つくぼう》などの長柄《ながえ》の捕具を持っていれば別だが、十手では無理である。捕らえようとすれば、大勢の犠牲者が出るはずだ。

ただ、日を置けば、古峰と沢村は隠れ家から姿を消すのではあるまいか。

「村上どのに頼みがある」

源九郎が声をあらためて言った。

「なんだ」

「古峰と沢村は、わしらにまかせてもらえぬか。ふたりと、何度か立ち合ったことがあるが、まだ勝負がついておらんのだ。……ここで、決着をつけたい」

源九郎が言うと、そばにいた菅井が、

「おれも、古峰との居合の勝負が残っている」

と、口をはさんだ。

「華町どのたちが、それほど言うならまかせよう」

村上の顔には、安堵《あんど》の色があった。村上も、古峰と沢村を捕らえようとすれば、捕方から大勢の犠牲者が出ることを承知していたのだ。それに、村上は巡視の途中、権蔵の居所が知れ、急遽捕方を集めて権蔵の捕縛にあたったことにするつもりでいた。それが、別の場所で古峰たちを捕らえようとして、捕方から多くの犠牲者が出ると、村上の立場がなくなってしまう。

「今日は、菅井と安田も来ている。三人いれば、なんとかなる」

源九郎は、古峰と沢村のふたりを相手にすることになっても、後れをとるようなことはない、とみていた。

「ならば、おれたちはこのまま八丁堀にむかうぞ」

村上が言った。

「そうしてくれ」

源九郎たちは、村上をはじめとする捕方の一隊を見送った。

後に残ったのは、はぐれ長屋の用心棒と呼ばれる七人と栄造である。栄造も、村上に話して、この場にとどまったのだ。

「行くぞ」

源九郎たち八人は、川沿いの道を材木町にむかった。

いっとき歩くと、前方に大川にかかる吾妻橋が迫ってきた。この辺りから材木町である。そして、船宿の和泉屋の前を通り過ぎると、前方に借家が三棟並んでいるのが見えた。

源九郎たちは、川岸近くに足をとめ、

「古峰と沢村が、いるかどうか探るのが先だが、八人もで行くことはないな」

と、源九郎が言った。

「あっしと平太とで、探ってきやしょう」

孫六がそう言って、平太を連れてその場を離れた。

源九郎たちは川岸に身を寄せ、大川の眺めに目をやっているような振りをして、孫六たちがもどるのを待った。

孫六と平太は、通行人のような振りをして、三棟並んでいる借家の手前から二軒目の戸口に身を寄せた。そこは、沢村の住む家である。手前の借家は、町人が住んでいると分かっていた。

孫六たちは、二軒目の戸口からすぐに離れた。そして、三軒目の家の戸口に身を寄せた。ふたりは、いっとき戸口に立ち止まっていたが、その場から離れると、踵《きびす》を返して源九郎たちのそばにもどって来た。

「どうだ、古峰と沢村はいたか」

源九郎が訊いた。

「沢村の家から、足音が聞こえやした。だれかいるようでさァ。古峰のところは留守らしく、ひっそりして何の物音もしやせん」

孫六が言うと、

「あっしも、古峰の家には、だれもいねえとみやした」

平太が、身を乗り出すようにして言った。

「どうするな」

源九郎が、その場にいた男たちに目をやって訊いた。

「沢村だけでも、討ち取ろう」

菅井が言うと、

「ふたりいるところを狙うとなると、いつになるか分からないからな」

安田が言い添えた。

「よし、沢村を斬ろう」

源九郎も、ふたりいるところを狙うのはむずかしいと思った。

「沢村が、出てくるのを待つか」

菅井が訊いた。

「いや、家の外に引き出そう。沢村だけなら、出てくるのを待つまでもない」

源九郎が言うと、その場にいた男たちがうなずいた。

源九郎たち八人は、沢村の住む家にむかった。そして戸口近くまで行くと、安田、茂次、三太郎の三人が家の脇を通って裏手にまわった。念のため背戸をかため、沢村が飛び出したら対応するのである。

源九郎と孫六のふたりが、表戸に近付いた。菅井、平太、栄造の三人は、戸口からすこし離れたところで待機していることになった。

沢村の家の表戸は、しまっていた。源九郎が戸口に身を寄せると、かすかに物音がした。衣擦《きぬず》れのような音だが、何の音かはっきりしない。

孫六が声を殺して、「開けやすぜ」と言ってから、板戸を引いた。

板戸が重い音をたててあいた。家のなかは薄暗かった。土間の先が、すぐに座敷になっている。その座敷の隅に、沢村の姿があった。沢村は、袴《はかま》を穿《は》くところだった。出かけようとしていたところらしい。

「華町か！」

沢村が声を上げた。

「沢村、表に出ろ！」

源九郎が、沢村を見すえて言った。

「よく、ここが分かったな」

そう言って、沢村は急いで袴を穿き終えた。

「うぬら七人の居所は、すべて分かった。いま残っているのは、おぬしと古峰だけだぞ」

「なに、権蔵も捕らえたというのか」

沢村の顔が、こわばった。

「今朝な。いまごろは、大番屋にでもいるだろう」

「おのれ！　きさまら、生かしてはおかぬ」

沢村が声を震わせて叫んだ。

八

「沢村、外に出ろ」

源九郎が沢村を見すえて言った。

「ここに来たのは、ふたりだけか」

沢村が源九郎と孫六に目をやって訊いた。

「おぬしを斬るのは、おれだ」

源九郎は、沢村と勝負するつもりでいた。そのためにも、沢村を外に引き出さねばならない。

「うむ……」

沢村の顔に、逡巡《しゅんじゅん》するような表情が浮いた。

「武士らしく勝負しろ」

源九郎が声高に言った。

「よかろう」

沢村は座敷の隅に置いてあった大刀を腰に帯びた。

先に孫六が、土間から外に出た。源九郎は体を沢村にむけたまま敷居をまたいで外に出た。背後から斬られるのを防ぐためである。

源九郎が戸口から離れると、沢村は戸口のところに立って、通りの左右に目をやった。そして、ゆっくりとした動きで出てきた。このとき、菅井たち三人は、借家の脇に身を隠していた。

源九郎と沢村は通りに出ると、三間ほど間合をとって対峙《たいじ》した。通りかかったふたり連れの男が、慌てて逃げだした。

源九郎と沢村が抜き合わせたとき、借家の脇から菅井たちが通りに姿をあらわし、沢村の背後にまわり込んだ。

「騙《だま》し討ちか!」

沢村が目をつり上げて叫んだ。

「おぬしと勝負するのは、わしひとりだ。菅井たちは、おぬしの逃げ道を塞《ふさ》いだのだ」

源九郎が言った。

「おのれ！」

沢村は青眼に構え、切っ先を源九郎にむけた。

源九郎も相青眼に構えた。

ふたりとも、腰の据わった隙のない構えだったが、沢村の切っ先がかすかに震えていた。怒りと真剣勝負の気の昂りのせいらしい。

ふたりは対峙したまま、いっとき動かなかったが、先《せん》をとったのは、沢村だった。源九郎の剣尖《けんせん》の威圧に押されたらしい。

「いくぞ！」

沢村は声をかけ、足裏を摺《す》るようにして間合を狭めてきた。

……さすが、沢村だ。

源九郎が、胸の内でつぶやいた。

沢村は先に仕掛けたが、隙を見せなかった。それに、源九郎の目線につけられた沢村の剣尖には、そのまま眼前に迫ってくるような威圧感があった。

だが、源九郎は臆さなかった。全身に気勢を漲《みなぎ》らせ、斬撃の気配を見せて気魄《きはく》で沢村を攻めた。

ふいに、沢村が寄り身をとめた。一足一刀の斬撃の間境の一歩手前である。沢村はこのまま斬撃の間境を越えると、源九郎の斬撃を浴びると察知したのかもしれない。

沢村は、青眼に構えたまま仕掛けようとしなかった。全身に気勢をこめて、斬撃の気配を見せている。

源九郎は沢村が動かないのを見て、

「こないなら、わしから行くぞ」

と声をかけ、趾《あしゆび》を這《は》うように動かし、ジリジリと間合を狭め始めた。

対する沢村は、動かなかった。全身に気勢をこめ、気魄で源九郎を攻めている。

ふいに、源九郎が動きをとめた。斬撃の間境まで、あと一歩の間合である。源九郎は全身に斬撃の気配を漲らせ、
タアッ、
と鋭い気合を発し、つッ、と切っ先を突き出した。斬り込むと見せた誘いである。この誘いに、沢村が反応した。

イヤアッ！

裂帛《れっぱく》の気合を発し、踏み込みざま斬り込んできた。

青眼から袈裟《けさ》へ。

刹那、源九郎は腰を落として、刀身を袈裟に払った。

袈裟と袈裟——。

ふたりの刀身が弾き合い、甲高い金属音と同時に青火が散った。次の瞬間、沢村の腰がくずれ、刀身が流れた。源九郎の腰の据わった強い斬撃に押されたのである。

沢村の体勢がくずれ、体が泳いだ。この一瞬の隙をとらえ、源九郎は刀身を横に払った。神速の太刀《たち》捌《さば》きである。

ビュッ、と血が沢村の首から赤い筋のようになって飛んだ。源九郎の切っ先が、沢村の首をとらえたのだ。

沢村は首から血を撒《ま》きながらよろめいた。そして、爪先を何かにとられて、つんのめるように前に倒れた。

地面に俯《うつぶ》せになった沢村は、両手を地面について顔をもたげた。首から血が噴出している。沢村は地面を這うような動きを見せたが、すぐにぐったりとなって地面に伏してしまった。

そこへ、源九郎が血刀を引っ提げて身を寄せた。沢村はまだぴくぴくと体を痙《けい》攣《れん》させていたが、いっときすると動かなくなった。

……死んだか。

源九郎が、沢村に目をやったままつぶやいた。

離れた場所で、源九郎と沢村の闘いを見ていた菅井たちが走り寄った。

「華町の旦那、怪我は」

孫六が訊いた。源九郎の着物が沢村の返り血を浴びて血に染まっていたので、斬撃を浴びたと思ったのかもしれない。

「わしは、大丈夫だ」

源九郎が言った。

「それにしても、見事な太刀捌きだったな」

菅井が感心したような顔で言い、血に染まった沢村に目をやった。

源九郎たちが沢村のまわりに集まっているとき、裏手にまわった安田、茂次、三太郎の三人が、姿を見せた。

安田が倒れている沢村を見て、

「首を、一太刀か。さすが、華町どのだ」

と、昂った声で言った。

「わしらがここに立っていては、通りの邪魔だ。沢村の死体を片付けて、今日のところは引き揚げよう」

源九郎が、その場にいた男たちに言った。

源九郎たちは、沢村の死体を家のなかに運んでからその場を立ち去った。

第六章　居合対居合

一

源九郎が朝めしを食っていると、菅井が顔をだした。菅井は将棋を指しにきたのではないらしく手ぶらだった。

「華町、いまごろ朝めしか」

菅井が、浮かぬ顔をして言った。

「そうだ。昨日の残りのめしがあったのでな。湯漬けにしたのだ」

源九郎は、湯漬けの丼《どんぶり》を手にしているだけだった。菜も汁もない。面倒なので、何も用意しなかったのだ。

「たくわんでも、切って持ってくればよかったな」

そう言って、菅井は上がり框《がまち》に腰を下ろした。

「ところで、菅井、居合の見世物には行かないのか」

今日は、薄曇りだった。大道での見世物には、ちょうどいい天気である。

「その気に、ならなくてな」

菅井が言った。

「古峰のことが、気になっているのか」

源九郎が、沢村を斬って三日経っていた。この間、源九郎たちは浅草材木町や浅草寺の門前通りなどに出かけて、古峰の行方を探っていたが、まだ居所がつかめないでいた。

「そうだ。……やつは、何としても、おれの手で始末したい」

菅井は、古峰が居合を遣うことから、己の居合で決着をつけたいと思っているようだ。それに、菅井は一度古峰と居合で立ち合っていた。そのときは、勝負がつかないうちに、古峰が手を引いたのだ。

「古峰の居所は、いずれ知れる。長屋のみんなが、古峰の行方を探っているからな」

長屋のみんなと言っても、此度《こたび》の事件にかかわった源九郎たち七人である。

今日も、安田と平太のふたりが、古峰の居所をつきとめるために朝から浅草に出向いていた。

源九郎も、朝めしを食って一休みしたら孫六とふたりで、材木町に行ってみるつもりだった。

「それにしても、古峰はどこにいるのかな」

「どうだ、菅井、いっしょに古峰の居所を探りに行かないか」

源九郎が言った。

「そうだな。こうして長屋で燻《くすぶ》っていても、仕方がないからな」

「いずれ、古峰の居所は知れる」

源九郎は、まだ古峰は浅草にいるとみていた。それというのも、一昨日、材木町に出かけ、古峰の隠れ家だった借家近くで聞き込みにあたったとき、近所に住む船頭が、「昨夜、おかねさんを見掛けやした」と口にしたのだ。

それに、源九郎が古峰の隠れ家である借家の表戸の隙間からなかを覗《のぞ》いたとき、座敷の隅の衣桁《いこう》に、古峰のものと思われる小袖と袴《はかま》が掛かっていた。それを目にし、古峰は借家にもどってくる、と源九郎はみたのだ。

源九郎は湯漬けを食べ終えると、湯が沸かしてあったので茶を淹《い》れた。菅井に

も茶を出してから、

「菅井、古峰に勝てるか」

　と、訊《き》いてみた。

「やってみねば分からんが、何とかなるだろう」

　菅井は、やる気になっているらしく双眸《そうぼう》がひかっていた。剣客らしい凄《すご》みのある顔である。

「立ち合いの様子をみて、助太刀するかもしれんぞ」

　源九郎は、菅井が古峰に後れをとりそうなら、助太刀するつもりでいた。

「勝手にしてくれ」

　そう言って、菅井は湯飲みを手にした。

　源九郎と菅井が茶を飲んでいると、戸口に近付いてくる足音がした。足音は腰高障子のむこうでとまり、

「華町の旦那、いやすか」

　と、孫六の声がした。

「いるぞ」

　源九郎は座敷に座ったまま声をかけた。

すぐに腰高障子があいて、孫六が顔をだした。

「菅井の旦那も、いたんですかい」

孫六が、菅井を目にして言った。

「菅井もわしらといっしょに、材木町に行くことになったのだ」

「そうですかい。菅井の旦那がいっしょなら、心強《づえ》えや」

孫六はそう言った後、あらためて源九郎と菅井に顔をむけ、

「旦那たちは、長屋の安次のことを聞いてやすか」

と、声をあらためて訊いた。

「聞いてないが、何かあったのか」

源九郎は身を乗り出した。安次のことは、町方に捕らえられたときから気になっていたのである。

「栄造から聞いたんですがね。近いうちに大番屋から出られそうですぜ」

孫六が声をひそめて言った。

「それはいい」

思わず、源九郎が声を上げた。

菅井も、ほっとしたような顔をしている。

「それで、おあきにも話したのか」

源九郎が訊いた。安次のことを最も案じているのは、女房のおあきである。

「大番屋から出られるかもしれねえとだけ、言っておきやした。いつ出られるかはっきりしねえし、長引いたりすると、おあきが心配しやすからね」

「それも、そうだ」

源九郎も、まだ長屋の者たちにも内緒にしておいた方がいいと思った。

「いずれにしろ、安次が長屋に帰ってくれば、おれたちが危ない橋を渡っている甲斐《かい》もあるということだ」

菅井が言った。

「わしらの濡《ぬ》れ衣《ぎぬ》も晴れるということだな」

「どうだ、おれが古峰を斬って始末がついたら、帰りに勝栄にでも寄って、みんなで一杯やらんか」

菅井が言うと、

「ありがてえ。うめえ酒が、飲めそうだ」

孫六はニンマリして、舌なめずりをした。

二

源九郎、菅井、孫六の三人は、はぐれ長屋を出て浅草に足をむけた。

三人は浅草に入ってから駒形堂のそばを通り、大川端の道を北にむかった。そして、材木町に入り、大川端にある船宿の和泉屋の近くまで来たとき、前方から走ってくる男の姿が目にとまった。

「平太ですぜ」

孫六が声高に言った。

「何かあったのかな」

源九郎は、平太がひとりで走ってくるのを見て、安田の身に何かあったのではないかと思った。

平太は源九郎たちに気付くと、さらに足を速めて近付き、

「ちょうど、良かった！」

と、声を上げた。

「どうした、平太」

源九郎が訊いた。

「け、帰《けえ》ってきやした、古峰が……」

平太が、息を弾ませて言った。

「借家に帰ってきたのか」

「へ、へい、安田の旦那に、すぐに華町の旦那と菅井の旦那に、知らせろ、と言われて、長屋まで行くつもりだったんでさァ」

安田は、菅井が古峰と勝負したがっているのを知っていたので、平太を知らせによこしたらしい。

「いまも、古峰は借家にいるのか」

源九郎が、身を乗り出して訊いた。

「いるはずでさァ」

「よし、すぐ行こう」

源九郎たちは、平太につづいて借家にむかった。

前方に三棟つづく長屋が見えてくると、源九郎たちは走るのをやめた。古峰に見られても気付かれないように、通行人を装って借家に近付いた。

借家からすこし離れた通り沿いに、桜が二本植えられていた。その一本の陰に、安田の姿があった。

源九郎たちは、安田のそばに身を寄せ、

「古峰は、借家にいるのか」

と、源九郎が念を押すように訊いた。

「いる、おかねもいっしょだ」

安田によると、桜の樹陰に身を隠して借家に目をやっているとき、古峰がおかねといっしょに姿をあらわし、借家に入ったという。

「ふたりは、何をするために帰ったのかな」

源九郎が言った。

「家に残してある物を取りにきたのではないかな」

安田が半刻(一時間)ほど前に、借家の近くまで行って聞き耳をたてると、なかでふたりのやり取りが聞こえたそうだ。

「ふたりで、どの着物を持っていくか話していた。まるで、長年連れ添った夫婦のようだったよ」

と、安田が言い添えた。

「古峰は、ここを出るつもりなのだな」

源九郎は、借家の見張りをつづけてよかった、と思った。古峰がこの家を出たら、見つけるのがむずかしくなるだろう。

「家に踏み込むか」

菅井が勢い込んで言った。

ふたりが、家に入ってからだいぶ経つ。そろそろ出てくるころだぞ」

安田が借家に目をやったまま言った。

「ここで待つにしても、二手に分かれた方がいいのではないか。古峰が家を出た後、わしらの方へ来ればいいが、川上にむかうと、逃げられるぞ」

源九郎が、その場にいる男たちに目をやって言った。

「華町どのの言うとおりだ。……よし、おれたちは川上に移ろう」

安田はそう言って、その場にいた平太に声をかけた。

「わしらは、ここに残る」

源九郎が、樹陰から通りに出た安田たちふたりに声をかけた。

その場に残った源九郎、菅井、孫六の三人は、樹陰から古峰のいる借家に目をやった。

それから、小半刻（三十分）ほど経ったが、古峰もおかねも借家から姿をあらわさなかった。

「古峰は、出てくるのかな」

孫六が苛立《いらだ》った声で言った。

「出てくるはずだ。このまま借家にとどまるはずはないからな」

「おれが、様子を見てくる」

菅井がそう言って、樹陰から出ようとした。

ふいに菅井の足がとまり、慌てて樹陰にもどった。借家の戸口から、おかねらしい女につづいて古峰が姿を見せたのだ。

おかねと古峰は、風呂敷包みを持っていた。思ったより、包みはちいさかった。暮らしに必要な衣類だけ、持ったのかもしれない。

「おい、こっちに来るぞ」

菅井が声をひそめて言った。

古峰とおかねは、源九郎たちが身を潜めている川下の方に足をむけた。ふたりは周囲に目を配りながら、足早に歩いてくる。

「来やがった！」

孫六が、樹陰から通りに出ようとした。

「待て、もうすこし近付いてからだ」

源九郎が孫六の肩に手を当ててとめた。

「安田たちが、通りに出たぞ」

菅井が身を乗り出すようにして言った。

見ると、安田と平太が通りに出て、古峰たちの後についてくる。

三

「いくぞ！」

菅井が声をかけ、樹陰から飛び出した。

源九郎と孫六が、後につづいて通りに出た。古峰とおかねは、七、八間ほどに近付いている。

おかねが源九郎たちを見て、ギョッ、としたように足をとめた。古峰も足をとめ、源九郎たち三人に目をやったが、逃げ場を探すように後ろを振り返った。

「挟み撃ちか！」

と、古峰が声高に言った。背後からくる安田と平太を目にしたらしい。

「おまえさん！　だれなの」

おかねが、ひき攣《つ》ったような顔をして訊いた。

「だれでもいい。おかね、先に行け！」

「で、でも……」

おかねは、戸惑うような顔をしてつっ立っている。

「行け！　おかね」

古峰が叱咤《しった》するように言った。

おかねは、蒼《あお》ざめた顔で川下にむかって歩きだした。

源九郎たちはおかねと擦れ違ったが、黙って見逃した。おかねを捕らえるつもりは、なかったのだ。

古峰はひとりになると、手にしていた風呂敷包みを路傍に捨て、すばやく川岸を背にして立った。背後から攻撃されるのを防ぐつもりなのだろう。

源九郎たちは、古峰に五間ほどに近付いたところで、足をとめた。そして、菅井だけが古峰に近付いた。

川上から来た安田たちも、五間ほどに迫ったところで足をとめ岸際に身を寄せた。菅井のために闘いの場をひろくとったのである。

その場に通りかかった者たちが、異変を察知して逃げ散った。

「大勢で、取り囲んで斬る気か！」

古峰が目をつり上げて言った。

菅井は三間半ほどの間合をとって古峰と対峙《たいじ》すると、

「おぬしの相手は、おれだ」

と言って、刀の柄《つか》に手を添えた。

「菅井、今日こそは決着をつけてやるぞ」

古峰も右手を刀の柄に添えた。

菅井は左手で鍔元《つばもと》を握り、刀の鯉口《こいぐち》を切り、居合腰に沈めた。居合の抜刀体勢をとったのである。

すると、古峰も鯉口を切り、居合腰に沈めた。

ふたりは居合の抜刀体勢をとったが、まだ居合で刀を抜き付ける間合の外にいた。

ふたりは、間合の外で対峙したまま動かなかった。お互いが、敵に気を集中させているために、人声や物音は聞こえなかった。大川の流れの音が轟々《ごうごう》とひびいているが、それも意識しなかった。

ふいに、菅井が仕掛けた。

「いくぞ！」

と、菅井が声をかけ、居合の抜刀体勢をとったまま足裏を摺《す》るようにして、ジリジリと間合を狭め始めた。すると、古峰も同じように間合を狭めてきた。

間合が狭まるにつれ、ふたりの気魄《きはく》が満ち、全身に抜刀の気が高まってきた。

……あと、半間。

菅井が、居合で抜き付ける間合まで半間と読んだ。

そのとき、古峰が寄り身をとめた。

イヤアッ！

と、古峰が裂帛《れっぱく》の気合を発して、半歩踏み込んだ。居合の抜き付けの間合に入る前に、菅井の気を乱そうとしたらしい。

だが、気合を発したことで、古峰の体勢がくずれた。この一瞬の隙を菅井は、見逃さなかった。

菅井は一歩踏み込み、

タアッ！

と、鋭い気合を発して抜き付けた。

刹那《せつな》、古峰も抜刀した。

逆袈裟《ぎゃくげさ》と袈裟――。

ふた筋の閃光《せんこう》が、稲妻のように疾《はし》った。

菅井の切っ先が古峰の右袖を斬り裂き、一瞬遅れて古峰の切っ先が菅井の肩先をかすめて空を斬った。

次の瞬間、ふたりは大きく後ろに跳んで間合を取ると、素早い動きで納刀した。

古峰の右袖が裂け、あらわになった右の二の腕が、血に染まっていた。菅井の切っ先が、とらえたのである。

古峰の顔がひき攣ったようにゆがみ、右腕がかすかに顫《ふる》えていた。菅井の斬撃を浴びたせいらしい。

菅井は古峰と対峙すると、

「古峰、勝負あったぞ。刀を引け！」

と、居合の抜刀体勢をとったまま声をかけた。

「まだだ！」

古峰が憤怒に顔をゆがめて言った。

菅井と古峰との間合は、二間半ほどだった。居合同士で、対峙する間合にしてはやや近い。

古峰の刀の柄を握った右腕が震え、体もかすかに揺れていた。右腕の傷で、体に力が入り過ぎているのだ。

先《せん》をとったのは、古峰だった。気の昂《たかぶ》りのせいで、居合の抜刀体勢をとったまま対峙していられなかったようだ。

古峰が、足裏を摺るようにして間合を狭め始めた。ズッ、ズッ、と足元で音がし、古峰が居合の抜刀の間合に迫ってきた。

対する菅井は、動かなかった。気を鎮めて、古峰との間合と気の動きを読んでいる。

……あと、一歩！

居合で抜き付ける間合まで一歩、と菅井が読んだ。

そのとき、ふいに古峰の右の肩先が揺れ、わずかに体勢がくずれた。右腕の傷と気の昂りのせいらしい。この一瞬の隙を菅井がとらえた。

菅井は一歩踏み込み、

タアッ！

と鋭い気合を発して、斬り込んだ。

一瞬、古峰は抜刀せずに、身を引いた。菅井の神速の抜刀に、刀を抜く機を逸したのである。

閃光が袈裟にはしり、古峰の肩から胸にかけて小袖が裂けた。古峰は呻《うめ》き声を上げ、後ろによろめいた。

古峰のあらわになった肩から胸にかけて傷口が赤くひらき、血が奔騰《ほんとう》した。古峰は右手で刀の柄をつかんだまま、その場につっ立った。見る間に、傷口から噴出した血で小袖が赤く染まっていく。

「古峰、これまでだ！」

菅井が声を上げた。

そのとき、古峰が踏み込みざま抜刀した。だが、迅《はや》さも間合の読みもなかった。ただ、菅井にむかって刀を抜いただけである。

菅井は右手に体を寄せて古峰の切っ先をかわしざま、刀を横に払った。切っ先が、古峰の首をとらえた。

ビュッ、と血が赤い筋を引いて飛んだ。菅井の切っ先が、古峰の首の血管《ちくだ》を斬ったらしい。

古峰は血を噴出させながらよろめき、足がとまると、腰からくずれるように転倒した。

するとき地面に伏臥《ふくが》した古峰は、四肢を痙攣《けいれん》させているだけで動かなかった。いっとき すると、体の動きがとまり、ぐったりとなった。

菅井は抜き身を手にしたまま古峰に近付き、

「死んだ」

と、小声でつぶやいた。

菅井の顔が紅潮し、細い目がつり上がっていた。般若《はんにゃ》のような形相である。

源九郎たちが、菅井のそばに走り寄ってきた。そのとき、川下の方で女の悲鳴が聞こえた。おかねがつっ立ったまま、こちらに顔をむけている。

源九郎は菅井の脇に立ち、古峰の死体に目をやってから、

「菅井、見事だ」

と、声をかけた。

安田、孫六、平太の三人も近寄り、驚いたような顔をして古峰の死体に目をやっている。

「この男、どうする」

菅井が、横たわっている古峰に目をやって訊いた。

「家の前まで、運んでやろう。後は、あの女にまかせればいい」

そう言って、源九郎が遠方にいるおかねに目をやった。

四

「華町の旦那、そろそろ帰《けえ》ってくるころですぜ」

茂次が言った。

はぐれ長屋の源九郎の家だった。今日は、安次が長屋に帰ってくる日だった。賊のなかに安次という同じ名の男がいたために、間違えられて捕らえられていたのだ。朝から、孫六と平太が南茅場町にある大番屋の近くまで迎えにいっていた。ふたりが、行くことになったのは、岡っ引きの栄造とかかわりがあったからだ。同心の村上が、栄造に引き取りにくるよう声をかけたらしい。

「そうだな」

源九郎が、湯飲みに残った茶をすすった。半刻（一時間）ちかくも前に、お熊が姿を見せ、源九郎たちに茶を淹れてくれたのだ。

座敷には、茂次の他に菅井と安田の姿もあった。三人ともお熊と同じころ源九郎の家に来て、安次が帰ってくるのを待っていたのだ。

「おあきは、どうしてる」

源九郎が訊いた。

「お熊やおまつたちが、おあきについてますぜ」

茂次によると、長屋の女房連中が朝からおあきの家に行き、付き添っているという。

「いまごろ、路地木戸まで安次の迎えに出ているのではないか」

菅井が言った。

「そうだな」

おあきのことは、お熊たちにまかせておけばいい、と源九郎は思った。

「安次が帰ってくるのは、分かっているのだ。長屋中で、大騒ぎすることはあるまい」

菅井が他人事《ひとごと》のような物言いをした。

源九郎は笑みを浮かべただけで、黙っていた。菅井が内心喜んでいることは、源九郎には分かっていたのだ。

源九郎たちがそんなやり取りをしていると、戸口に走り寄る足音がした。

「華町の旦那、いやすか」

腰高障子のむこうで、三太郎の昂った声がした。

三太郎が声高に言った。

「帰《けえ》ってきやした、安次が」

源九郎が声をかけると、腰高障子があいて、三太郎が顔を出した。

「いるぞ」


「帰ってきたか！」

菅井が勢いよく立ち上がり、源九郎たちより先に戸口に出た。

源九郎は苦笑いを浮かべて、菅井の後につづいた。茂次と安田も、源九郎の後につづいて戸口から出た。

家の外に出ると、長屋の女房、子供、年寄りなどの姿が見えた。みんな路地木戸にむかっていく。安次が帰ってくるのを耳にしたらしい。

源九郎たちが長屋の路地木戸の近くに行くと、さらに大勢の長屋の住人が集まっていた。女房や子供の姿が多いのは、男たちは仕事に出ていたからである。

路地木戸を出たところに、お熊やおまつたちの姿があった。その女房連中のなかほどに、おあきが立っていた。

おあきの顔が、長屋の家に閉じこもっていたときと比べて頬《ほお》が紅潮し、生き生きしているように見えた。

源九郎たちが路地木戸の近くまでいくと、お熊が気付き、

「旦那たち、こっちに来てくださいよ。安次さんが長屋に帰ってくるのは、旦那たちのお蔭なんだから」

と、声をかけた。

すると、その場にいた女房や子供たちが、源九郎たちのために道をあけた。

「すまんな」

源九郎が声をかけ、菅井たちといっしょに前に出た。

すると、お熊が源九郎に身を寄せ、

「ほら、あそこ」

と言って、通りの先を指差した。

見ると、四人の姿が見えた。安次、孫六、平太、それに栄造である。栄造も孫六たちといっしょに大番屋まで行ってくれたらしい。

四人が近付くと、路地木戸付近に集まった者たちの間から、「安次さんだ!」「元気そうだよ」「よかったねえ」などという声が聞こえた。

お熊が源九郎に顔を寄せ、

「安次さん、元気そうだよ」

と、ささやいた。お熊の顔も紅潮し、いつになく興奮しているようだった。

安次たち四人が路地木戸の近くまで来ると、

「おまえさん！」

と、おあきが声を上げ、下駄《げた》を鳴らして安次に走り寄った。

「おあき！」

安次が涙声で言い、おあきの肩に手を置いて顔を見つめ、「心配かけたな」とつぶやいた。

すると、おあきは安次の胸に顔をつけ、

「よ、よかった。……おまえさんが、無事で帰ってきて……」

と、しゃくり上げながら言った。

ふたりの様子を見たお熊たち長屋の連中が、下駄を鳴らしておあきと安次のまわりに集まり、「無事で、よかった」「安次さん、元気そうだよ」「長かったからねえ」などと声をかけた。集まった女房連中のなかから、すすり泣きの声も聞こえた。

源九郎たちは、安次とおあきのまわりに集まった女房連中の後ろに立って、黙って見ていた。女房連中に圧倒されて、安次に近付くことも、声をかけることもできなかったのである。

そのとき、お熊が源九郎たちに目をやり、

「安次さんが帰ってこられたのも、華町の旦那たちのお蔭だよ」

と、その場にいた女房連中に声をかけた。

すると、安次とおあきが源九郎たちのそばに来て、

「栄造親分から聞きやした。あっしが大番屋から出られたのは、華町の旦那たちが、押し込みをつかまえてくれ、あっしの濡れ衣を晴らしてくれたからだって……」

そう言うと、源九郎たちに深々と頭を下げた。

「あ、ありがとうございました」

おあきが、涙声で言い添えた。

「い、いや、長屋のみんなが、力を貸してくれたからだ」

源九郎が照れたような顔をして言った。

それから、安次とおあきは、長屋の女房連中に付き添われて路地木戸をくぐった。源九郎たちは、井戸端の近くまでついていったが、

「どうだ、わしの家で一杯やらんか」

と、源九郎が菅井や孫六たちに声をかけた。安次たちのことは、女房連中にまかせておけばいいと思ったのである。

「そうしやしょう」

孫六が、ニンマリして言った。

その場にいた菅井、安田、茂次、平太、三太郎、それに栄造も、源九郎と孫六の後についてきた。

これから、源九郎たち七人に栄造をくわえ、それぞれが長屋の家にある酒を持ち寄って、安次だけでなく源九郎たち七人の濡れ衣が晴れたことを祝って飲むのである。

双葉文庫

と-12-54

はぐれ長屋《ながや》の用心棒《ようじんぼう》
用心棒《ようじんぼう》たちの危機《きき》

2018年8月11日　第1刷発行

【著者】
鳥羽亮《とばりょう》

【発行者】
稲垣潔
【発行所】
株式会社双葉社
〒162-8540 東京都新宿区東五軒町3番28号
［電話］03-5261-4818(営業)　03-5261-4833(編集)
www.futabasha.co.jp
(双葉社の書籍・コミックが買えます)
【印刷所】
慶昌堂印刷株式会社
【製本所】
株式会社若林製本工場

【表紙・扉絵】南伸坊
【フォーマット・デザイン】日下潤一
【フォーマットデジタル印字】飯塚隆士

落丁・乱丁の場合は送料双葉社負担でお取り替えいたします。
「製作部」宛にお送りください。
ただし、古書店で購入したものについてはお取り替えできません。
［電話］03-5261-4822(製作部)

ISBN978-4-575-66900-8 C0193
Printed in Japan

風野真知雄
わるじい秘剣帖(四) ないないば
長編時代小説〈書き下ろし〉

「越後屋」に脅迫状が届く。差出人はこれまでの嫌がらせの張本人で、店前で殺された男とも深い関係だったようだ。人気シリーズ第四弾！

風野真知雄
わるじい秘剣帖(五) なかないで
長編時代小説〈書き下ろし〉

桃子との関係が叔父の森田利八郎にばれてしまった愛坂桃太郎。事態を危惧した桃太郎は一計を案じ、利八郎を何とか丸めこもうとする。

風野真知雄
わるじい秘剣帖(六) おったまげ
長編時代小説〈書き下ろし〉

越後屋への数々の嫌がらせを終わらせることに成功した愛坂桃太郎だが、今度は桃子の母親・珠子に危難が迫る。大人気シリーズ第六弾！

風野真知雄
わるじい秘剣帖(七) やっこらせ
長編時代小説〈書き下ろし〉

「かわうそ長屋」に犬連れの家族が引っ越してきたが、なぜか犬の方が人間よりいいものを食べている。どうしてそんなことを……？

風野真知雄
わるじい秘剣帖(八) あっぷっぷ
長編時代小説〈書き下ろし〉

孫の桃子との「あっぷっぷ遊び」に夢中になる愛坂桃太郎。しかし、そんな他愛もない遊びが思わぬ危難を招いてしまう。シリーズ第八弾！

風野真知雄
わるじい秘剣帖(九) いつのまに
長編時代小説〈書き下ろし〉

珠子の知り合いの元芸者が長屋に越してきた。いまは「あまのじゃく」という飲み屋の女将で常連客も一風変わった人ばかりなのだ。

風野真知雄
わるじい秘剣帖(十) またあうよ
長編時代小説〈書き下ろし〉

「最後に珠子の唄を聴きたい」という岡崎玄蕃の願いを受け入れ、屋敷に入った珠子と桃太郎だが、思わぬ事態が起こる。シリーズ最終巻！

鈴木英治

口入屋用心棒35

木乃伊《ミイラ》の気

長編時代小説〈書き下ろし〉

湯瀬直之進が突如黒覆面の男に襲われた。さらに秀士館の敷地内から木乃伊が発見される。だがその直後、今度は白骨死体が見つかり……。

鈴木英治

口入屋用心棒36

天下流の友

長編時代小説〈書き下ろし〉

上野寛永寺で、御上覧試合が催されることとなった。駿州沼里家の代表に選ばれた湯瀬直之進の前に、尾張柳生の遣い手が立ちはだかる！

鈴木英治

口入屋用心棒37

御上覧《ごじょうらん》の誉《ほまれ》

長編時代小説〈書き下ろし〉

御上覧試合を目前に控え、負傷した右腕が癒えぬままの湯瀬直之進。主家と秀士館の期待を一身に背負い、剣豪が集う寛永寺へと向かう！

鈴木英治

口入屋用心棒38

武者鼠《むささび》の爪

長編時代小説〈書き下ろし〉

品川に行ったまま半月以上帰らない雄哲の行方を捜すため、直之進ら秀士館の面々は探索を開始する。だがその姿は、意外な場所にあった。

鈴木英治

口入屋用心棒39

隠し湯の効《こう》

長編時代小説〈書き下ろし〉

秀士館を代表して納太刀をするため武家の信仰も篤い大山、阿夫利神社に向かう湯瀬直之進。だがその背中をヒタヒタと付け狙う男がいた。

鈴木英治

口入屋用心棒40

赤銅色《しゃくどういろ》の士

長編時代小説〈書き下ろし〉

湯瀬直之進の前に謎の強敵現る！　読売屋の養子に入った商人とは思えぬ風格を漂わせる男。ある日、男を探索していた岡っ引きが消えた。

鈴木英治

口入屋用心棒41

群青色《ぐんじょういろ》の波

長編時代小説〈書き下ろし〉

読売の主にして驚異の遣い手、庄之助。そのきな臭さの根源を探り、直之進、佐之助たちが動く。意外な真実が見えてきた……。